AMANTE SIN ALMA

ABBY GREEN

HARLEQUIN™

Editado por Harlequin Ibérica.
Una división de HarperCollins Ibérica, S.A.
Núñez de Balboa, 56
28001 Madrid

© 2009 Abby Green
© 2016 Harlequin Ibérica, una división de HarperCollins Ibérica, S.A.
Amante sin alma, n.º 2471 - 15.6.16
Título original: Mistress to the Merciless Millonaire
Publicada originalmente por Mills & Boon®, Ltd., Londres.

I.S.B.N.: 978-84-687-7883-9
Depósito legal: M-8905-2016
Impresión en CPI (Barcelona)
Fecha impresion para Argentina: 12.12.16
Distribuidor exclusivo para España: LOGISTA
Distribuidores para México: CODIPLYRSA y Despacho Flores
Distribuidores para Argentina: Interior, DGP, S.A. Alvarado 2118.
Cap. Fed./Buenos Aires y Gran Buenos Aires, VACCARO HNOS.

Prólogo

DE PIE junto a la pila bautismal de piedra, Kate Lancaster miraba con cariño a su ahijada de dos meses, mientras el sacerdote derramaba el agua bendita sobre su coronilla. La ceremonia estaba celebrándose en la pequeña y antigua capilla de la propiedad en la que se alzaba el nuevo hogar de Sorcha, su mejor amiga: un impresionante *château* a las afueras de París. La misma capilla en la que nueve meses atrás se había celebrado su boda, en la que ella había tomado parte como dama de honor.

Querría poder concentrarse en las palabras que estaba pronunciando el sacerdote, pero le resultaba difícil por culpa del hombre alto y guapo que tenía a su derecha: Tiarnan Quinn. Era el hermano mayor de Sorcha, y también había estado en la boda, ejerciendo de padrino.

Kate trató de acallar como pudo el dolor de su corazón. Detestaba que esos sentimientos tuvieran que aflorar precisamente en ese momento, estropeando una ocasión tan hermosa y especial.

Pero ¿cómo ignorar el dolor cuando aquel hombre era quien había aplastado sus ideales, esperanzas y sueños? Sin embargo, no podía culpar a nadie más que a ella misma. Si no se hubiese empeñado en... No, no iba a volver otra vez a entrar en ese bucle, se dijo atajando esos pensamientos. Hacía tanto de aquello que no podía creer que siguiese afectándole de ese modo, como si aún estuviese reciente.

Normalmente, evitaba a Tiarnan por todos los medios, pero de allí no podía huir porque eran los padrinos de la pequeña.

Resistiría. Si había sobrevivido al día de la boda también podría sobrevivir a aquello. Y luego se alejaría de él y confiaría en que algún día dejase de afectarle de esa manera. Claro que... ¿cuánto tiempo llevaba esperando que eso ocurriera?

Se notaba la mandíbula rígida de tenerla apretada, y la espalda tensa como las cuerdas de un violín. Intentó centrarse en Sorcha y su marido, Romain, que parecían ajenos a todo excepto a ellos mismos y a su hijita, Molly.

Romain la tomó con ternura de los brazos del sacerdote y, cuando Sorcha y él se miraron con complicidad, Kate sintió celos de lo enamorados que se les veía.

Encontrar el amor, formar una familia... Eso era lo que ella quería, lo que siempre había querido. Tiarnan se movió y su brazo rozó el suyo, haciéndola tensarse aún más. Contra su voluntad, alzó la vista hacia él; fue incapaz de contenerse. Se sentía atraída por él, como una polilla abocada a una muerte segura por el brillo irresistible de la llama de una vela.

Justo en ese momento, Tiarnan bajó la vista hacia ella, y a Kate le dio un vuelco el corazón y se le cortó el aliento. Él frunció ligeramente el ceño y la escrutó con la mirada, como si estuviera rebuscando en su alma, tratando de destapar sus secretos. La había mirado del mismo modo en la boda y le había costado un horror mantenerse serena e impasible.

Sus ojos traidores descendieron a la boca de Tiarnan, delatándola. Se moría por que la besara, por que la estrechara entre sus brazos... por que la mirara como Romain miraba a Sorcha. Nunca había deseado nada de todo aquello con otro hombre.

Cuando levantó la vista se encontró con que aún estaba mirándola y supo que estaba perdida. Los sentimientos que despertaba en ella estaban alzándose como un tsunami y no podía disimularlos, atrapada como estaba por su mirada. Estaba segura de que podía leerlos en su rostro, y al ver oscurecerse sus ojos azules le flaquearon las piernas.

Nunca la había mirado de un modo tan intenso, tan elocuente... tenía que ser cosa de su imaginación. Lo que pasaba era que aquello la superaba y era tan patética que estaba proyectando sus anhelos en él.

Capítulo 1

Un mes más tarde. Hotel Four Seasons, en el centro de San Francisco

Kate se sentía como un trozo de carne, más de lo habitual, pero hizo de tripas corazón y esbozó una sonrisa profesional mientras la puja continuaba. El incesante parloteo del conocido actor de cine que estaba dirigiendo la subasta la estaba poniendo nerviosa. A pesar de tener años de experiencia como modelo, se sentía tremendamente incómoda con todas las miradas fijas en ella.

–Veinticinco mil. Veinticinco mil dólares ofrece este caballero sentado aquí delante –estaba diciendo el actor en ese momento–. ¿Alguna puja más alta?

Kate contuvo el aliento al ver la sonrisa repulsiva del hombre al que iluminó el foco: Stavros Stephanides, un conocido magnate griego, dueño de una compañía naviera. Era bajo, calvo, gordo y viejo, y sus ojos ratoniles la devoraban. Solo le faltaba relamerse los labios.

Por un instante, Kate se sintió horriblemente vulnerable y sola, allí de pie bajo los focos, y un escalofrío la recorrió. Si no pujaba alguien más...

–¡Ah! Parece que tenemos a otro caballero interesado al fondo, y ofrece nada menos que treinta mil dólares.

Un profundo alivio inundó a Kate, que guiñó los ojos para intentar ver, a pesar de que las luces la deslumbraban, a quien fuera que acababa de subir la puja.

Parecía que los técnicos de iluminación también estaban intentando encontrarlo. El haz de luz del foco móvil iba de un hombre a otro entre el público, pero todos se reían y agitaban la mano para dar a entender que no había sido ninguno de ellos. Parecía que el nuevo postor estaba decidido a permanecer en el anonimato. Bueno, fuera quien fuera no podría ser peor que tener que ser besada, delante de toda esa gente, por Stavros Stephanides.

—¡Vaya!, y ahora el señor Stephanides ofrece cuarenta y cinco mil dólares... ¡Las cosas se están poniendo interesantes! Vamos, amigos, veamos si hay alguien más dispuesto a rascarse un poco más el bolsillo. No pueden dejar pasar la oportunidad de besar a una señorita tan encantadora y a la vez donar para una causa benéfica tan noble.

A Kate volvió a darle un vuelco el estómago ante la determinación del magnate griego, pero el actor vio movimiento al fondo, entre las sombras.

—¡Cincuenta mil dólares ofrece nuestro postor misterioso! Señor, ¿por qué no viene usted aquí delante para que podamos verle?

Nadie se movió y, sin saber por qué, a Kate se le erizó el vello de la nuca. El rostro de Stephanides, que se había vuelto para intentar ver a su oponente, se contrajo en una mueca casi cómica de indignación. Luego, cuando un hombre se acercó por el pasillo y se inclinó para susurrarle algo al oído, su rostro se ensombreció. Era evidente que acababan de ponerle al corriente de la identidad del misterioso postor.

Stephanides gruñó y volvió a subir la puja. A cien

mil dólares. A Kate se le cortó el aliento al oír la exorbitante cifra y la sonrisa forzada en sus labios flaqueó.

De pronto, la gente empezó a cuchichear al fondo de
la sala, y el misterioso postor, con una calma abruma-
dora, subió la puja a doscientos mil dólares. Parecía
que su calvario estaba lejos de terminar.

A Tiarnan Quinn no le gustaba ser el centro de atención. De hecho, era la discreción personificada en todos
los aspectos de su vida, tanto en lo que se refería a su
fortuna, como a su trabajo, y por supuesto a sus asuntos
personales.

Tenía una hija de diez años, y aunque nunca había
llevado la vida de un monje, tampoco exhibía a sus
conquistas, cuidadosamente escogidas, en las revistas
de papel cuché, como gustaban hacer otros multimillo-
narios divorciados.

Y ninguna de las mujeres que habían pasado por su
cama había ido por ahí contando sus intimidades. Com-
praba generosamente su silencio para que no se sintie-
ran tentadas de traicionar su confianza, siempre las
dejaba antes de que las cosas se complicasen, y se ase-
guraba de que su vida privada siguiese siéndolo.

Precisamente por eso ninguna de esas mujeres había
conocido a su hija, Rosalie, porque no tenía intención
de volver a casarse. Presentárselas a Rosie sería darles
unas confianzas que reservaba solo para su familia.

Y, sin embargo, allí estaba, pujando en una subasta
benéfica por un beso de Kate Lancaster, una de las modelos con más caché del mundo. Era la primera vez en
mucho tiempo que había decidido mandar a paseo la
discreción. Deseaba a aquella mujer como jamás había
deseado a ninguna, y aunque aquel deseo había estado

forjándose durante años, solo en ese momento se había permitido reconocerlo y creer que podría saciarlo.

Volvió a centrar su atención en Kate, y tuvo la sensación de estar en el sitio adecuado en el momento adecuado. Y era extraño porque era una sensación que solía asociar a los negocios, no a un deseo insatisfecho.

Quizá fuera porque finalmente se había permitido volver a pensar en ello, en aquel momento de diez años atrás, pero había sido como abrir las compuertas de una presa. No había ido más allá de un beso, pero estaba grabado a fuego en su memoria.

Echar el freno aquella noche había requerido de todo su autocontrol y toda su fuerza de voluntad, y desde entonces había considerado a Kate como un terreno vedado por varias razones: por lo obsesionado que lo había dejado aquel beso, aunque jamás lo reconocería, porque entonces ella no era más que una chiquilla, y porque era la mejor amiga de su hermana.

Aún recordaba cómo lo había mirado a los ojos, como si pudiese ver a través de ellos y llegar hasta su alma. Como si hubiese querido que él llegase también a la de ella.

Había vuelto a mirarlo así hacía solo unas semanas, en el bautizo de su sobrina. Y de nuevo él había tenido que hacer un esfuerzo sobrehumano para reprimir su deseo y permitir que Kate volviera a esconderse en su caparazón.

Pero en ese momento Kate ya no era una niña, y estaba decidido a averiguar si lo que había visto en sus ojos significaba lo que creía. Una ráfaga de calor lo recorrió mientras la miraba. Llevaba un vestido corto de seda fucsia con escote palabra de honor, que resaltaba sus delicados hombros y su grácil cuello. La larga y exuberante melena rubia le caía en suaves ondas, enmarcando su rostro. Y aun desde el fondo de la sala, donde él estaba, destacaban como dos brillantes zafiros sus ojos azules.

Reprimió el impulso posesivo de ir a bajarla del escenario y llevársela de allí en volandas, lejos de las miradas de toda aquella gente. Esa vez las cosas serían distintas, se juró a sí mismo. No dejaría que volviera a dejarlo con la miel en los labios, frustrado e insatisfecho, como en el bautizo. La seduciría... y saciaría su deseo.

Volvió a centrar su atención en la subasta. Stephanides acababa de subir la puja de nuevo. No tenía intención de dejar que acercara siquiera sus labios a los de Kate, pero era evidente que se había encabezonado en ganar, sobre todo en ese momento que parecía que le habían informado de quién era el otro postor. El griego y él eran viejos adversarios.

Tiarnan respondió mejorando su oferta, ajeno a las miradas de quienes lo rodeaban, y a los murmullos que especulaban sobre si de verdad era quien parecía ser.

Finalmente, Stavros Stephanides se dio por vencido, sacudiendo la cabeza. Una embriagadora sensación de triunfo se apoderó de Tiarnan. Era algo que hacía mucho tiempo que no experimentaba, porque estaba acostumbrado a conseguir con facilidad aquello que se proponía.

Salió de la penumbra y avanzó por el pasillo para reclamar su premio, aunque el beso por el que había pujado no era lo único que pensaba cobrarse.

No fue al oír el golpe del mazo que marcaba el fin de la subasta, cuando Kate se estremeció por dentro, sino al ver al hombre que avanzaba hacia el estrado con paso decidido. No se podía creer lo que veían sus ojos.

Era imposible... No podía ser él... Pero sí que lo era; era Tiarnan Quinn, más guapo y elegante que nunca, con un esmoquin negro que le sentaba como si estuviera hecho a medida.

Las mejillas se le encendieron mientras lo recorría con la mirada, admirando sus anchos hombros, sus largas piernas, y ese porte atlético que denotaba su amor por el deporte. En esos momentos tenía algunas canas en las sienes, que le daban un aire de madurez y distinción y contrastaban con su tez, ligeramente aceitunada, herencia de su madre española.

Sus facciones siempre le habían recordado a las de una escultura clásica: la mandíbula recia, el perfil orgulloso... Tenía una belleza viril. De hecho, era el hombre más viril que había conocido. Sin embargo, lo más cautivador de Tiarnan eran sus ojos, el signo más evidente de su ascendencia céltica por parte de su padre, que era irlandés. Eran unos ojos de un azul pálido, como si fueran de hielo, y cada vez que la miraba sentía que la atravesaban, que era capaz de ver más allá de la fachada distante con la que intentaba protegerse de él.

Siempre se había esforzado por proyectar una imagen profesional de sí misma ante él, por guardar las distancias, porque temía que la más mínima vacilación por su parte pudiera dejarle entrever en un instante lo débil que era su capacidad de autocontrol.

Y era lo que había ocurrido en el bautizo de Molly. Apretó los dientes, abochornada, de solo recordarlo. La había pillado mirándolo, y estaba segura de que había leído el deseo, más que evidente, en sus ojos.

Solo había sido un instante, pero sabía que se había dado cuenta de en qué estaba pensando, y desde ese día había estado soñando cada noche con él. Y todo porque creía haber visto la misma mirada en los ojos de él.

Pero era imposible; tenía que haber sido cosa de su imaginación. Porque era evidente que no era su tipo.

Apenas era consciente de lo que estaba diciendo el actor que había conducido la subasta. Tiarnan estaba cada vez más cerca, y sus ojos estaban fijos en ella. Estaba paralizada, como un ciervo deslumbrado por los faros de un coche.

Tiarnan subió al estrado entre los aplausos y silbidos del público. Estrechó la mano del actor, y después de firmar un cheque por la cantidad que había ofrecido, se volvió hacia ella.

–Hola, Kate –la saludó con esa voz profunda y dolorosamente familiar, haciendo que el corazón le palpitara con fuerza–. No esperaba encontrarte aquí.

De algún modo, Kate logró encontrar su voz.

–Tiarnan... –balbució–. El que ha estado pujando desde el fondo... ¿eras tú?

Él asintió sin apartar sus ojos de los de ella, y con un hábil movimiento que Kate no se esperaba, le puso las manos en los costados, dejando los pulgares a una distancia peligrosamente corta de sus senos.

Tras años evitando cualquier contacto físico con él que fuera más allá del estrictamente necesario, como estrecharle la mano para saludarlo, se tambaleó un poco de la impresión, y levantó las manos en un acto reflejo, para agarrarse a lo que pudiera y no perder el equilibrio. El problema era que lo único a lo que pudo agarrarse fue a los brazos de Tiarnan.

Los músculos de Tiarnan se evidenciaban bajo la cara tela de la chaqueta, y Kate sintió una oleada de calor en el vientre. Alzó la vista impotente. Era como si el estado de aturdimiento en el que se encontraba hubiese inutilizado los mecanismos de defensa que solía usar con Tiarnan.

Era tan alto que tenía que levantar la cabeza para mirarlo, aun llevando tacones como en ese momento. La hacía sentirse pequeña, delicada. Cada segundo que pasaba parecía una eternidad.

–Creo que me debes un beso –murmuró Tiarnan.

Ella tragó saliva. ¿Cuánto había pagado por besarla? Con el shock de descubrir que era él quien había estado pujando, no estaba segura de haber oído bien la cifra final. ¿Medio millón de dólares? Por algún motivo tenía la sensación de que quería mucho más que un beso.

Cuando la atrajo hacia sí e inclinó la cabeza, sintió que una oleada de calor subía por su cuerpo. Kate cerró los ojos en el instante en que la besó, y de pronto fue como si hubiera retrocedido diez años atrás en el tiempo, como si volviera a ser aquella adolescente que apretaba con ardor sus labios contra los de él.

Kate se llevó un dedo tembloroso a los labios, que aún le cosquilleaban. Había sido un beso breve, y bastante casto, pero había sido como abrir la caja de Pandora.

Los retuvieron para hacerles fotos y ella, que estaba aún mareada por el efecto de aquel beso, posó con una sonrisa forzada. Seguía sin comprender qué estaba haciendo allí, pero en cuanto terminaron las fotos no se quedó siquiera a conversar con él, sino que abandonó la sala a toda prisa.

¿Cómo podía ser?, se recriminó. ¿Cómo podía ser que, con todos los años que habían pasado, en vez de haberse vuelto inmune a él, siguiese consiguiendo desestabilizarla de esa manera?

Había echado a andar sin saber a dónde iba, y cuando aminoró el paso se dio cuenta de que había llegado al bar del hotel que, con sus ventanales del suelo al techo, ofrecía una espectacular vista nocturna del centro de San Francisco.

En el bar, casi desierto, reinaba un pacífico silencio, roto solo por las notas de jazz que tocaba un pianista en el rincón. Kate se sentó a una mesa junto al ventanal y al cabo de unos minutos se le acercó alguien.

Alzó la vista, creyendo que sería el camarero, pero no lo era. Quien estaba plantado frente a ella era Tiarnan, que debía de haberla seguido. Sus ojos azules estaban fijos en ella, gélidos como el hielo. A Kate le dio un vuelco el corazón y se le pusieron sudosas las manos.

Una camarera se acercó a ellos, y, cuando les preguntó qué querían tomar, Tiarnan le lanzó una mirada a Kate y le preguntó:

—¿Me dejas que te invite a un whisky?

Su acento irlandés le recordó a Kate que compartían sus raíces: los dos eran medio irlandeses, y habían crecido en Irlanda.

Asintió, sin saber qué otra cosa podía hacer, y la camarera se marchó.

Tiarnan tomó asiento frente a ella, se quitó la pajarita y se desabrochó el primer botón de la camisa. En sus labios se dibujó una sonrisa.

Kate se esforzó por calmarse y mostrarse educada. Al fin y al cabo, era el hermano de su mejor amiga, y sin duda aquel encuentro no era más que fruto de la casualidad. No iba a ponerse a pensar en el pasado. Sonrió nerviosa, y le preguntó en un tono casual:

—¿Qué te trae por San Francisco?

Tiarnan entornó los ojos. Era evidente que Kate estaba intentando encerrarse de nuevo en su caparazón, poner distancia entre ambos, como había hecho durante años para desviar su atención y hacerle creer que no lo deseaba.

Pero en ese momento sabía que no era así; podía notar su nerviosismo tras aquella máscara de mujer fría y distante. Reprimió el impulso de responderle: «Tú», y en vez de eso contestó encogiendo un hombro:

–Negocios. Esta mañana hablé con Sorcha por teléfono, y mencionó que estabas aquí, por la subasta benéfica para la lucha contra el cáncer de la Fundación Buchanen –decidió que sería mejor no decirle que, al enterarse, había reservado habitación en el hotel, como ella–. En fin, el caso es que como estaba en la ciudad se me ocurrió pasar a saludarte. Y parece que llegué justo a tiempo.

A Kate le dio repelús solo de imaginarse que, en vez de él, hubiese ganado la puja Stavros Stephanides y la hubiese besado y manoseado. Giró la cabeza hacia el ventanal y, cuando, al hacerlo, se deslizó un mechón en su hombro desnudo, deseó haber subido directamente a su habitación. ¿Por qué habría tenido que ir allí? Se sentía vulnerable delante de Tiarnan con el vestido que llevaba. Sin embargo, puesto que no podía escapar, se obligó a volver de nuevo la cabeza hacia él para mirarlo.

–Sí, y no te he dado las gracias por eso –dijo. Y luego, dejándose llevar por la curiosidad que sentía, le preguntó–: ¿Cuánto has pagado al final?

–¿No lo recuerdas?

A Kate le ardían las mejillas cuando sacudió la cabeza, porque sabía muy bien por qué no lo recordaba.

–Setecientos cincuenta mil dólares –le contestó Tiarnan lentamente, como si estuviera saboreando las palabras–. Y cada centavo ha merecido la pena.

Tiarnan observó la reacción de Kate, que estaba mirándolo entre atónita y azorada. La luz de la vela que había sobre la mesa hacía brillar su piel de satén, y sus ojos acariciaron sus hombros desnudos y la curva superior de sus senos, que insinuaba el escote del vestido.

Sintió que se excitaba, y se movió incómodo en su asiento. No estaba acostumbrado a que las mujeres tuvieran un efecto tan inmediato en él. Le gustaba ser quien tuviera el control, y con Kate parecía como si lo perdiera por completo.

Había pagado más de medio millón de dólares, así, como si nada. A Kate le parecía una cifra astronómica, pero sabía que para él no era más que calderilla, tan solo una fracción de lo que donaba cada año a la beneficencia.

—Al menos ha sido por una buena causa —murmuró con voz algo trémula.

La camarera reapareció en ese momento con lo que habían pedido, y después de servirles se retiró.

Tiarnan tomó su vaso de whisky y lo levantó a modo de brindis.

—Ya lo creo; una muy buena causa —dijo.

Aunque tenía la inquietante impresión de que no estaban hablando de lo mismo, Kate le siguió la corriente y brindó con él. Cuando chocaron sus vasos, los dedos de ambos se rozaron, y de pronto los recuerdos de aquella noche, de diez años atrás, se arremolinaron en su mente. Sus brazos alrededor del cuello de Tiarnan, las lenguas de ambos enroscándose, las manos de Tiarnan descendiendo hacia sus nalgas, apretándola contra sí para que pudiera sentir su erección...

Acalorada, Kate apartó la mano tan deprisa que un poco de su bebida se derramó. No se podía creer que estuviera pasando aquello; era algo a medio camino entre un sueño erótico y una pesadilla.

Tomó un sorbo de whisky bajo la intensa mirada de Tiarnan, mientras rogaba por que no fuese capaz de entrever lo agitada que estaba. Él se echó hacia atrás en su asiento, y bebió con parsimonia antes de preguntarle:

—Bueno, ¿y cómo te van las cosas?

Kate inspiró. No tenía por qué estar nerviosa, se dijo. Charlaría con él sobre cosas intrascendentes, y luego, cuando terminase su copa, se inventaría una excusa y se marcharía. Y no volvería a verlo hasta dentro de unos meses o, con un poco de suerte, quizás un año.

Se obligó a sonreír, y, poniendo un tono despreocupado, contestó:

—Bien, ¡estupendamente! ¿Verdad que fue precioso el bautizo de Molly? No me puedo creer lo grande que está ya. Y a Sorcha y Romain se los ve tan felices... ¿Has vuelto a verlos después? Yo he estado liadísima. Tuve que irme a Sudamérica justo después del bautizo. Volví hace solo unos días, y tomé otro vuelo para venir aquí esta noche, a la subasta benéfica, y...

Tuvo que hacer una pausa porque se estaba quedando sin aliento, y estaba pensando a toda prisa qué más podía decir, cuando Tiarnan se inclinó hacia delante y la interrumpió cuando iba a continuar.

—Kate... para.

Capítulo 2

ATURDIDA, Kate abrió la boca y volvió a cerrarla. Era evidente que no podía engañarlo. Reprimió como pudo las lágrimas. Estaba jugando con ella, riéndose de ella porque sabía lo débil que era, como si siempre lo hubiese sabido. Quería gritarle que la dejara tranquila, que dejase que siguiese con su vida para hacer realidad su sueño de encontrar a alguien a quien amar, de formar una familia, de olvidarle por fin.

Dejó el vaso de whisky en la mesa, y se inclinó hacia delante para preguntarle con una mezcla de ira y desesperación:

–Tiarnan, ¿vas a decirme a qué has venido? Los dos sabemos que...

–Los dos sabemos por qué estoy aquí –la cortó él en un tono acusador.

El pianista había terminado la pieza que estaba tocando, y las palabras de Tiarnan se quedaron como suspendidas en el silencio. El tiempo pareció detenerse un instante antes de que la música comenzara de nuevo. Kate trató de recobrar la compostura suficiente para fingir que no se había dado cuenta de que estaba refiriéndose a aquella noche de años atrás.

–No sé de qué me hablas.

Tiarnan apuró su vaso y lo dejó en la mesa con un golpe seco que hizo a Kate dar un respingo.

–Sabes perfectamente bien de lo que estoy hablando. Esa mirada tan explícita que me echaste en Francia, y lo que no ocurrió esa noche, hace diez años.

¡Ay, Dios...! Kate se sintió palidecer. Aquella era, oficialmente, su peor pesadilla. Tal y como se había temido, había intuido su debilidad en Francia, y, si por algo era conocido Tiarnan Quinn, era por detectar los puntos débiles en los demás y aprovecharse de ellos sin piedad. Se obligó a mirarlo a la cara.

–De eso hace mucho tiempo, y tienes razón: no pasó nada.

¿Qué esperaba que le dijera?, pensó con amargura ¿«Si crees que aún te deseo, a pesar de lo humillante que fue que me rechazaras, estás en lo cierto»?

Tiarnan seguía inclinado hacia delante, intimidándola como un depredador.

–Yo no llamaría «nada» a ese beso –murmuró con esa voz profunda que tenía–. Y esa mirada en la iglesia me dijo que eres tan consciente como yo de la tensión sexual que hay entre nosotros.

Kate sacudió la cabeza con vehemencia, como si con ello pudiese negar la realidad de los hechos. Sentía vergüenza por lo ingenua que había sido en su adolescencia, y la avergonzaba que incluso en ese momento, con la humillación pendiendo sobre ella como la espada de Damocles, tuviese mariposas en el estómago.

¿Por qué estaba sacando aquel tema después de tanto tiempo? ¿Acaso creía haber visto una invitación en sus ojos el día del bautizo? Irritada consigo misma, se apresuró a hablar para romper el silencio e intentar recobrar algo de dignidad.

–Como he dicho, Tiarnan, de eso hace mucho tiempo. Apenas lo recuerdo, y no tengo la menor intención de hablar de ello, ni de repetirlo. Yo era muy joven cuando pasó aquello.

«Y virgen», recordó Tiarnan. Por alguna razón, la idea de que, a diferencia de él, otros hombres sí la habían tocado y la habían poseído, hizo que se sintiera casi agresivo.

–Eres una mentirosa. ¿Y sabes qué te digo? Que es una lástima.

Kate se sintió como si le hubiese pegado un puñetazo en el estómago, dejándola sin aliento.

–Yo no miento –le espetó, y frunció el ceño al darse cuenta de lo que Tiarnan le había dicho–. ¿Y qué es una lástima?

Tiarnan volvió a recostarse en su asiento, poniéndola aún más nerviosa que si siguiera inclinado sobre la mesa.

–Digo que eres una mentirosa porque estoy seguro de que recuerdas cada segundo de aquel beso, igual que yo, y que es una lástima que no quieras que vuelva a ocurrir, porque a mí sí que me gustaría que volviera a ocurrir, y mucho.

Kate se irguió, y al hacerlo acudió a su mente el recuerdo de su madre, increpándola con voz estridente: «¡Kate, por el amor de Dios, siéntate derecha! No voy a consentir que me avergüences con tus malos modales. No te he educado para que te comportes así. Eres una señorita y no vas a dejarme en mal lugar delante de toda esta gente».

Ya no tenía diez años; tenía veintiocho. Era una modelo de fama internacional, con éxito, independiente. Trató de centrarse en el momento actual, en lo que la rodeaba: la conocida melodía que estaba tocando el pianista, la penumbra del bar, las luces de la ciudad que parpadeaban a través del ventanal...

La camarera pasó cerca de ellos, y Tiarnan le pidió otra ronda para los dos. Al poco rato volvió con las bebidas y se llevó los vasos vacíos.

Cuando se hubo marchado, Kate sacudió la cabeza y esbozó una sonrisa amarga.

—Estoy segura de que eso no es verdad —replicó. Tomó un sorbo de su vaso y volvió a dejarlo sobre la mesa antes de mirar de nuevo a Tiarnan—. Es más, aunque lo fuera, como te he dicho, yo no tengo ningún interés en repetirlo. Y menos aún para darte gusto. Si lo que necesitas es un entretenimiento, búscate a otra. Seguro que hay un montón de mujeres deseosas de tu atención. No me necesitas, y creo que no hace falta que te recuerde que aquella noche fuiste tú quien me rechazó.

A Tiarnan lo enervó que de repente mostrara tanta seguridad en sí misma, y ese recordatorio de lo torpe que había sido al rechazarla. La sonrisa de Kate casi le pareció burlona, como si sintiese lástima de él. Nunca había sido objeto de la lástima de nadie, ni quería serlo. Forzó una sonrisa y respondió:

—Te rechacé porque no tenías experiencia, porque eras demasiado joven, además de la mejor amiga de mi hermana —apretó la mandíbula—. Y lo que quiero es mucho más que una repetición de aquel beso. No busco una distracción, Kate; te quiero a ti.

La compostura de Kate se desmoronó al oírlo expresarse de ese modo, sin tapujos.

—No puede ser... ¿Estás diciendo que... que tú...?

—Que te deseo —dijo Tiarnan—. Sí, Kate, te deseo. Tanto como tú me deseas a mí.

—Yo no te deseo.

Tiarnan enarcó una ceja.

–¿Ah, no? Entonces, ¿por qué estabas mirándome de ese modo en el bautizo? Parecía que estuvieras devorándome con los ojos. ¿Y por qué te estremeciste antes, cuando te besé después de la subasta?

Kate se puso roja como un tomate.

–Para ya. Nada de todo eso que estás diciendo es cierto.

Aquello era demasiado cruel. ¿Cuánto más iba a seguir humillándola?

–Sí que lo es –insistió Tiarnan–. Estoy seguro de que en todos estos años no has olvidado aquella noche, ¿verdad? ¿Es esa la razón por la que cada vez que nos encontramos me tratas de ese modo distante?

Ella se apresuró a sacudir la cabeza. La intuición de Tiarnan era apabullante.

–No seas ridículo. De eso hace una eternidad. Por... por supuesto que lo he olvidado –balbució–. No eres el único hombre al que he besado desde entonces, Tiarnan. ¿Qué te creías?, ¿que desde ese día he pasado las noches abrazada a mi almohada, soñando contigo?

Lo malo era que se había sentido tan mortificada después de aquella noche que, por despecho, se había lanzado a perder la virginidad lo antes posible, y eso había hecho que su primera vez fuese una espantosa decepción.

Tiarnan apretó los labios.

–Ni por un segundo habría pensado que en todos estos años no ha habido otros hombres en tu vida –le dijo.

Alargó su mano para tomar la de ella, y aunque Kate intentó apartarla, no se lo permitió. Estaba atrapada por su debilidad, y por una sensación culpable de euforia. El corazón le martilleaba contra las costillas.

–Pero dime, ¿te ha hecho sentir alguno lo que sentiste conmigo solo con un beso? –le preguntó–. ¿Has deseado a alguno de esos hombres hasta el punto de que no podías pensar en otra cosa?

La sensación de euforia de Kate se disipó de inmediato, y frunció el ceño, irritada consigo misma, porque Tiarnan había vuelto a dar en el blanco. Apartó su mano y cerró el puño contra su pecho.

–¿Cómo te atreves? ¿Cómo te atreves a hacer suposiciones y juicios sobre mí, a preguntarme cosas que no tienes derecho a preguntar?

Tiarnan la miró fijamente.

–Ya lo creo que tengo derecho, porque es obvio que un beso no fue bastante. La tensión sexual que hay entre nosotros ha ido en aumento durante todos estos años, igual que la curiosidad por saber qué habría pasado si nos hubiésemos dejado llevar.

Entonces lo que iba en aumento era la ira de Kate, que le dio salida antes de que pudiera desvanecerse. Se levantó, con las piernas temblando, y lo miró con el mayor desprecio del que fue capaz.

Pero Tiarnan se levantó también, empequeñeciéndola con sus casi dos metros de altura, y restando efectismo a su pose. Kate, que no estaba dispuesta a dejarse amedrentar, alzó la barbilla.

–¿Y cómo has llegado a esa conclusión? –le espetó desafiante–. ¿Has tenido una revelación o algo así? Y no me vengas con eso de que viste algo en mis ojos el día del bautizo, porque puedo asegurarte que, si viste algo, no fue más que lo que querías ver. No pienso convertirme en otra muesca en el poste de tu cama solo para satisfacer tu curiosidad.

Rodeó la mesa para marcharse, pero Tiarnan se interpuso en su camino. Kate vio por el rabillo del ojo que un par de personas estaban mirándolos.

–¿Te importaría apartarte? –le dijo a Tiarnan apretando los dientes–. Me estás bloqueando el paso.

–¿Hace falta que te recuerde que fuiste tú quien intentó seducirme aquella vez? –le dijo él con mucha suavidad–. Los dos sabemos que, si yo no hubiera parado, te habría arrebatado la virginidad sobre esa alfombra frente a la chimenea...

Aquellas palabras aplastaron la poca dignidad que le quedaba a Kate, que alzó la vista hacia él y mirándolo suplicante le pidió:

–Por favor, Tiarnan, apártate.

Él sacudió la cabeza.

–Te acompañaré a tu habitación. Yo también me alojo en este hotel.

Kate no se esperaba eso.

–Puedo ir yo sola; no necesito que me acompañes.

La voz de él se tornó dura como el acero.

–Te acompañaré –insistió–. ¿O vas a obligarme a que te saque de aquí en volandas y monte un espectáculo? –añadió enarcando una ceja.

Kate no dudó ni por un instante de que sería capaz de hacerlo. A Tiarnan nunca le había importado un comino lo que pudiera pensar la gente.

–No será necesario –masculló–. Puedes acompañarme a mi habitación, si insistes.

Por fin, Tiarnan se hizo a un lado para dejarla pasar, y, mientras él pagaba, Kate se dirigió a la salida del bar, tan tensa como la cuerda de un arco.

Tiarnan se reunió poco después con ella, que se había quedado esperándolo fuera, junto al ascensor. Cuando entraron en él y las puertas se cerraron, Kate sintió como si el espacio se contrajera. Apretó el botón de su planta, y al ver que Tiarnan no hacía lo mismo, lo miró irritada.

–¿A qué planta vas tú?

Tiarnan bajó la vista hacia Kate, que estaba mirándolo con el ceño fruncido. Era preciosa, toda fuego y lava bajo aquella fachada de mujer de hielo. Sus ojos relampagueaban, sus mejillas estaban sonrosadas, y su pecho subía y bajaba. Era evidente que estaba enfadada; muy enfadada.

Él también lo estaba. Kate se le estaba resistiendo, y él era incapaz de pensar con claridad. Lo único que quería era parar el ascensor, rodearla con sus brazos y devorar su dulce boca. El beso que había conseguido gracias a la subasta había sido demasiado casto y demasiado breve.

Pero no podía dejarse llevar por los impulsos. Tenía que ir despacio, con cuidado, o perdería para siempre la oportunidad de satisfacer su deseo.

Kate se volvió y se cruzó de brazos, ofreciéndole sin querer una vista aún más tentadora de su escote. Estaba lanzándole un mensaje desesperado en silencio: «¡Aléjate de mí!».

Por eso, mientras el ascensor subía, con una lentitud insoportable, eso fue exactamente lo que hizo: apartarse de ella. Se apoyó en la pared, y, cuando ella lo miró suspicaz, se metió las manos en los bolsillos, alzó la vista hacia el techo, y se puso a silbar.

Finalmente, el ascensor se detuvo, y Kate prácticamente salió corriendo cuando se abrió la puerta. Sacó del bolso la llave de su habitación mientras avanzaba por el pasillo, segura de que Tiarnan iba detrás de ella.

Esa noche se había dado cuenta de hasta qué punto

Tiarnan podía ser implacable cuando quería algo, y aunque eso la intimidaba, también lo encontraba excitante. Llegó a la puerta y metió la llave en la cerradura con dedos temblorosos.

Si pensaba que iba a invitarlo a pasar, estaba muy equivocado, se dijo, pero, cuando abrió la puerta y se giró, se encontró con que el pasillo estaba vacío. Por un instante tuvo la impresión, aterradora e irreal, de que todo lo que había ocurrido esa noche había sido producto de su imaginación.

Pero entonces lo vio. Estaba apoyado en la puerta abierta del ascensor con aire despreocupado, mientras la bloqueaba con el pie para que no se cerrara.

—Buenas noches, Kate —le dijo con una breve inclinación de cabeza—. Me ha alegrado volver a verte. Que tengas dulces sueños.

Y dicho eso, se metió en el ascensor y la puerta se cerró. Kate se quedó boquiabierta, y su ira se desvaneció, dejándola desinflada como un globo.

Entró en la habitación, cerró la puerta tras de sí, y se quedó con la espalda apoyada contra ella, en la oscuridad, durante un buen rato. El corazón le palpitaba deprisa y sentía un cosquilleo en la piel. Pero peor que eso era el deseo que la atormentaba, como una vieja herida que se hubiese vuelto a abrir.

Maldito Tiarnan... Estaba jugando con ella, y se negaba a creer que fuese a alejarse de ella así, sin más, igual que ella no le habría dejado pasar a su habitación. Le había hecho daño en el pasado, y durante mucho tiempo había intentado hacerse creer a sí misma que no sentía nada por él, y no solo le había ocultado sus sentimientos a él, sino también a Sorcha.

No, tenía la sensación de que Tiarnan no iba a darse por vencido así como así, y ella cometería el peor error de su vida si dejara que la sedujese. Porque, si aún le quedaba algo de dignidad, era porque aquella noche, diez años atrás, no había llegado a acostarse con él.

Tiarnan estaba de pie, con las manos en los bolsillos, frente al ventanal del salón de su lujosa suite, la mejor del hotel, pero no estaba admirando la vista. Lo único que podía ver en ese momento era su reflejo en el cristal, y la frustración escrita en su rostro.

Lo atormentaba pensar que Kate estaría tumbada en una cama, unos cuantos pisos más abajo. Estaría más que dispuesto a dar la mitad de su fortuna por estar allí con ella.

No recordaba que se le hubiese resistido jamás una mujer a la que hubiese deseado. Claro que era posible que estuviese jugando con él al gato y el ratón. Siendo solo un adolescente había aprendido lo manipuladoras que podían ser las féminas, cuando la exmujer de un amigo de su padre lo había seducido.

Sí, había aprendido mucho de las mujeres. De hecho, había sido su madre, fría y mártir, quien le había enseñado su primera lección. Había convertido la vida de su padre en un infierno. Infeliz, porque la había sacado de su soleada y bulliciosa España, para llevarla a la lluviosa Irlanda, su padre y él habían sufrido los cambios de humor que le provocaba ese descontento, y al final con su comportamiento había acabado empujando a su padre a los brazos de otra mujer, su secretaria.

Aunque también esta le había provocado quebraderos de cabeza a su padre. Tiarnan recordaba las veces que había acompañado a su padre a la oficina, y a hurtadillas los había visto juntos en su despacho, donde había oído a la joven secretaria coquetear con él y suplicarle que dejara a su madre y se casase con ella.

También había presenciado las escenas de lágrimas e histeria, cuando él le había insistido en que no podía ser. Luego todo había dado un drástico vuelco, cuando ella se había quedado embarazada para forzar a su padre a tomar una decisión, y, tras una inesperada tragedia, Tiarnan se había visto obligado a ser cómplice de una terrible mentira durante años.

Apartó de su mente aquellos sombríos recuerdos. Sí, de niño había sido testigo de demasiadas cosas, y conocía lo bastante bien a su padre como para saber que no había sido precisamente un angelito, pero las maquinaciones de su amante, y luego de la exesposa de aquel amigo suyo, lo habían vuelto suspicaz con las mujeres. Se había jurado que nunca se pondría a sí mismo a merced de una mujer, pero, a pesar de todo, de las lecciones que le había dado la vida, él también había caído atrapado en sus redes.

Una sonrisa cínica asomó a las comisuras de sus labios. Incluso Kate a sus dieciocho años había intentado manipularlo, como las demás, porque había disfrazado su inocencia tras una fachada sofisticada que lo había engañado por completo hasta el momento en que la notó titubeante.

La había creído experimentada, y había pensado que estaban al mismo nivel, que los dos sabían lo que estaban haciendo.

Desde luego esa era la impresión que le había dado aquella noche, diez años atrás. Era Navidad, y su hermana había invitado a Kate a la cena familiar en casa de sus padres.

Después de la cena, cuando todos se habían retirado ya a descansar, él se había quedado leyendo en la biblioteca y, estando allí, de pronto se abrió la puerta y entró Kate. En un primer momento se quedó aturdido al verla, pero le ofreció una copa y ella aceptó.

Fuera llovía y hacía frío, pero la chimenea de la biblioteca estaba encendida, y sus llamas hacían brillar el cabello de Kate como oro bruñido. Llevaba un vestido de seda rojo oscuro corto, que ceñía sus senos y la curva de sus caderas, y dejaba al descubierto sus largas piernas.

Kate había tomado el vaso de whisky que le había ofrecido, y le había sonreído. Por primera vez, Tiarnan se permitió mirarla como miraría a una mujer, aunque a decir verdad apenas le había quitado los ojos de encima desde que había llegado esa tarde.

Por supuesto que no era la primera vez que se fijaba en ella, tendría que estar ciego para no hacerlo, pero hasta entonces solo había visto en ella a una chica larguirucha que compartía risitas con su hermana y se sonrojaba cuando la miraba. Esa noche, sin embargo, se había encontrado con que ya no era una chiquilla; Kate se había convertido en toda una mujer.

Era un cambio que aún no se había producido en su hermana, pero lo cierto era que Kate siempre había poseído un aire callado de dignidad y madurez, que contrastaba con el carácter revoltoso y efervescente de Sorcha.

Su hermana acababa de pasar por un periodo difícil tras la muerte, relativamente reciente, de su padre, y él había aprovechado la oportunidad para darle las gracias a Kate por haber estado a su lado y haberla ayudado.

Kate se había sonrojado, y había bajado la vista a su vaso antes de volver a mirarlo.

–Quiero muchísimo a Sorcha; es como una hermana para mí y haría cualquier cosa por ella.

Él, que ya había apurado su vaso de whisky y lo había dejado a un lado, le había sonreído, y se habían quedado mirándose a los ojos, como hipnotizados. El aire parecía haberse cargado de electricidad; casi se palpaba la fuerte tensión sexual que había entre ellos.

Tiarnan intentó negarlo, recobrar la cordura, pero el fuego le daba un brillo especial a la tersa piel de Kate, y no podía apartar la mirada de su curvilínea figura.

–Lo sé, y creo que tú sabes que yo siempre te he considerado también como una hermana –le había dicho con voz ronca.

Sabía que debía mantener las distancias con ella, pero lo único que quería hacer en ese momento era besarla hasta olvidarse de todo lo demás.

Kate depositó con cuidado su vaso en la repisa de la estantería que tenía más cerca, y se acercó a él con los ojos brillantes.

–Pues yo no te veo como un hermano, y no quiero que tú me veas como una hermana.

Su excitación se disparó como un cohete. No podía creerse que Kate estuviera ahí de pie, frente a él, seduciéndolo. Ella dio un paso más hacia él, tomó su rostro entre ambas manos, se puso de puntillas, y apretó sus labios contra los suyos.

Él le puso las manos en la cintura para apartarla, pero al sentir sus blandos senos aplastarse contra su pecho supo que era una batalla perdida. Nunca antes el deseo se había apoderado así de él, y aunque no comprendía lo que estaba pasando, se dejó llevar, haciendo el beso más profundo y saboreándola con la lengua.

En cuestión de segundos la temperatura había subido varios grados en la biblioteca, y, si en ese momento Kate no lo hubiese mirado nerviosa cuando empezó a levantarle el vestido, la noche habría acabado de un modo muy diferente a como acabó. Fue el ver esa expresión titubeante en sus ojos lo que le devolvió la cordura, lo que le hizo comprender que aún era virgen, y por eso la había rechazado.

Tiarnan volvió al presente. Le sorprendía lo vívidos que eran esos recuerdos a pesar de que habían pasado ya diez años. Si alguien le hubiese preguntado por su última noche de pasión, no habría sido capaz de recordarla con tanta claridad.

Se apartó del ventanal y optó por hacer lo único que podría asegurarle que lograría dormir un mínimo de horas esa noche: se dio una ducha fría y se juró que muy pronto tendría a Kate en su cama. Y, cuando eso hubiese ocurrido, aquellos recuerdos provocadores volverían donde debían estar: en el pasado.

Madrid, una semana después

—Señorita Lancaster, tiene una llamada —le informó la voz de la recepcionista del hotel cuando Kate descolgó el teléfono.

Casi se le escurrió el teléfono de la mano. Estaba segura de que era Tiarnan, y le subió una oleada de calor desde el vientre, como si estuviese en la habitación con ella.

—Gracias —murmuró sentándose en la cama.

Oyó un «clic» en la línea, y a continuación la voz profunda y autoritaria de Tiarnan, que la hizo estremecerse por dentro.

—Hola, Kate.

Ella juntó las piernas y apretó el teléfono en su mano.

—Tiarnan... ¡Qué sorpresa! —murmuró con fastidio.

—¿A quién intentas engañar? Sabes que vivo a diez

minutos de tu hotel, y Sorcha me ha dicho que recibiste los mensajes que te mandé al móvil. Pero me imagino que has estado demasiado ocupada como para ponerte en contacto conmigo.

–Sí, hablé con ella esta mañana. Y sí, he estado muy ocupada.

–Ya. Bueno, he pensado que podríamos vernos ya que estás aquí.

Kate no se había esperado aquel trabajo de última hora en Madrid, donde Tiarnan tenía su residencia habitual, ni se había imaginado que sus caminos fueran a cruzarse de nuevo tan pronto. Pero lo había evitado todo el día, ignorando sus llamadas y sus mensajes, y por suerte pronto se iría de allí.

–Me temo que no va a ser posible. Mañana regreso a Nueva York.

–Lo sé. Mañana por la tarde, según me ha dicho Sorcha –apuntó Tiarnan con retintín–. Así que tienes tiempo de sobra para que te invitemos a almorzar mañana.

–Mira, de verdad que lo siento, pero... –Kate se quedó callada al darse cuenta de que Tiarnan había hablado en plural.

–Rosie me ha dicho que le gustaría verte.

La pobre excusa inventada que Kate iba a darle murió en sus labios. Aunque detestaba encontrarse entre la espada y la pared, sabía que Tiarnan nunca utilizaría a su hija para hacerle chantaje ni para manipularla.

Kate había tenido bastante trato con la pequeña por su amistad con Sorcha, aunque probablemente Tiarnan no sabía cuánto. Su hermana y ella habían compartido apartamento en Nueva York antes de que Sorcha se casara, y Tiarnan, que iba con frecuencia a la ciudad porque su compañía tenía oficinas allí, le dejaba a la niña a su cuidado.

Como tía, Sorcha había sido un poco desastre, no se le había despertado el instinto maternal hasta el nacimiento de su hija, así que en esas ocasiones siempre había sido Kate quien se había ocupado de que Rosie comiera bien, de que estuviera abrigada, de arroparla y leerle cuentos antes de dormir...

Sorcha y ella la habían llevado muchas veces a Central Park, al cine, a tomar un helado..., y Kate siempre había sentido una afinidad especial con la chiquilla de cabello castaño y expresión seria, a quien su madre prácticamente había abandonado tras divorciarse de Tiarnan.

—A mí también me encantaría volver a ver a Rosie. Ha pasado mucho tiempo desde la última vez que la vi —contestó finalmente.

Tampoco iba a pasar nada por que almorzase con Tiarnan, se dijo. No iba a tratar de seducirla delante de Rosie. Y ella volvería a Nueva York solo unas horas después.

—Estupendo —murmuró él—. Pues pasaré a recogerte; quedamos en el vestíbulo del hotel sobre las doce. Hasta mañana.

Luego colgó, y aunque Kate estaba tratando de convencerse de que todo iría bien, tuvo el presentimiento de que no sería así.

Capítulo 3

EL DÍA siguiente, a mediodía, Kate esperaba sentada a Tiarnan en el vestíbulo del hotel, hecha un manojo de nervios. Ya se había despedido de los miembros del equipo que habían trabajado con ella en la sesión de fotos. Todos tomaban un avión que salía esa misma mañana para Londres, donde les esperaba su próximo encargo.

De pronto, como si hubiese tirado de ella un hilo invisible, Kate levantó la cabeza y vio la silueta de Tiarnan en la puerta del hotel. Era una figura enorme, imponente. Se puso en pie torpemente mientras avanzaba hacia ella con aire orgulloso, seguro de sí mismo.

Iba vestido con unos pantalones negros y una camisa blanca con el cuello abierto. Ella había dudado hasta el último minuto qué ponerse. Al final se había decidido por un sencillo vestido camisero de color azul oscuro, complementado con un pañuelo rojo anudado al cuello, y se había recogido el cabello en una coleta, para no dar la impresión de que tenía ningún interés por parecer atractiva.

Al llegar junto a ella, Tiarnan la tomó de ambas manos y se inclinó para besarla en las mejillas. El olor de su colonia la envolvió, y Kate sintió un cosquilleo en el vientre, el mismo que le quedó en las palmas de las manos cuando Tiarnan se las soltó.

–¿Dónde están tus maletas? –le preguntó, mirando a su alrededor.

Kate se esforzó por parecer calmada y distante.

–Solo tengo una; se la he dejado al conserje. Le he dicho que me pida un taxi para que me lleve luego al aeropuerto.

Tiarnan sacudió la cabeza y la tomó del codo para llevarla hasta la mesa de recepción.

–Eso no será necesario.

Desconcertada, Kate lo oyó dar órdenes al conserje para que no le pidiera ese taxi y fuera a por su maleta. Mientras el hombre iba a buscarla, Kate se giró furiosa hacia Tiarnan.

–¿Qué crees que estás haciendo?

Él se apoyó en la mesa de recepción con aire indiferente.

–Yo también tengo que tomar un vuelo esta tarde; puedo llevarte yo. Así podremos pasar más tiempo juntos.

De pronto, Kate se dio cuenta de algo. Se cruzó de brazos y lo miró suspicaz.

–¿Y Rosie?, ¿dónde está?

El conserje regresó con la maleta. Tiarnan le dio las gracias y la tomó, para luego asir de nuevo por el brazo a Kate, a quien no le quedó más remedio que seguirle.

–Aún no has contestado a mi pregunta –le recordó Kate ya fuera del edificio, mientras la llevaba hacia un todoterreno.

Al llegar al vehículo, Tiarnan la soltó para abrirle la puerta y se volvió hacia ella.

–Rosie está en casa. Almorzaremos allí –respondió, en un tono que no admitía discusión.

A Kate le molestaba su comportamiento de macho dominante, y esa sensación de estar acorralada, pero subió al todoterreno y él, después de meter su equipaje en el maletero, se puso al volante y se alejaron de allí.

No tardaron mucho en llegar a la casa de Tiarnan, en el barrio de Salamanca, uno de los más antiguos de la ciudad, con exclusivas tiendas y lujosas viviendas y hoteles. Tiarnan vivía cerca de un parque encantador, en un chalé de la calle Serrano, rodeado por una verja de hierro forjado.

Durante el trayecto, Kate había ido mirándolo todo impresionada. Madrid era una de sus ciudades favoritas; siempre lo había sido. Adoraba su historia, su energía, su cultura de cafés, y podía pasarse días enteros paseando por sus calles, perdiéndose por sus museos y sus galerías de arte. Incluso en ese momento, bien entrado el otoño, se veía a gente paseando al sol.

Tiarnan dejó pasar a una mujer con un carrito de bebé y Kate tuvo una visión repentina de lo que podría ser vivir allí, llevar esa vida, ser esa mujer. Le echó una mirada a Tiarnan mientras cruzaban las altas puertas de la entrada. Él jamás formaría parte de un sueño así. Sorcha le había dicho que hacía mucho tiempo había dejado claro que no tenía el menor deseo de volver a casarse, y que, aunque nunca había querido tener niños, con Rosie ya había cubierto cualquier necesidad que hubiera podido sentir de ser padre.

—Bueno, pues ya estamos aquí —anunció.

Kate alzó la vista. La casa, rodeada de árboles y del cálido color de la arenisca, tenía una majestuosidad decadente, con sus contraventanas de madera y las jardineras de hierro forjado de los balcones, de las que asomaban flores de brillantes colores. Era una casa preciosa.

Cuando se bajaron del coche, al ver a Tiarnan sacar su maleta, Kate le preguntó con suspicacia:

–¿Por qué estás sacándola del maletero?

Tiarnan la miró divertido.

–Porque será Juan, mi chófer, quien nos llevará luego al aeropuerto.

–¿Y cómo sabes a qué hora tengo que estar yo allí?

Los labios de Tiarnan se arquearon en una sonrisa socarrona.

–Porque yo lo sé todo, Kate. Deja de preocuparte. No voy a abalanzarme sobre ti como un adolescente inmaduro. Puedes estar tranquila.

Justo entonces se abrió la puerta de la entrada, y al ver aparecer a una pequeña figura de cabello oscuro, Kate sintió que la embargaba la emoción y se olvidó de Tiarnan por un momento.

–¡Rosie!

Avanzó hacia ella, ansiosa por darle un fuerte abrazo, pero vaciló al darse cuenta de que la niña no había salido corriendo a saludarla como solía hacer. Estaba allí de pie, con una expresión muy seria.

Intuyendo que algo había cambiado para ella desde la última vez que se habían visto, comprendió que era mejor no agobiarla, y cuando llegó donde estaba se limitó a sonreírle e inclinarse para besarla en la mejilla. Se preguntaba qué le habría ocurrido para que se hubiera vuelto tan desconfiada.

–¡Cuánto has crecido desde la última vez que te vi, Rosie! Estás hecha toda una señorita –le dijo, remetiendo un mechón del largo cabello de la niña tras su oreja–. Claro que ya tienes diez años.

Rosie se sonrojó. A Kate le pareció como si estuviera reprimiendo un impulso, no sabía muy bien de qué, pero finalmente solo balbuceó algo incoherente antes de darse media vuelta y entrar corriendo en la casa, sin duda para huir a su habitación.

Kate se giró hacia Tiarnan, que tenía cara de circunstancias.

–Tienes que perdonarla; Rosie está atravesando una fase difícil. Hace poco ha pasado una temporada con su madre, y eso siempre la deja descentrada.

Kate entendía qué quería decir. Estela Ríos, la ex de Tiarnan, nunca había sido una madre cariñosa.

–No pasa nada; no tienes que disculparte.

Cuando entraron en la casa, salió a recibirles al vestíbulo una mujer rolliza, que Tiarnan le presentó como Esmeralda, su empleada del hogar.

Kate le estrechó la mano con una sonrisa y cruzó unas palabras amables con ella en su idioma.

Tiarnan la miró sorprendido.

–Había olvidado que hablabas español.

Kate se encogió de hombros y se sonrojó ligeramente.

–Solo lo justo para entenderme con alguien.

Hacía unos años había pasado bastante tiempo trabajando allí, en España, y al regresar a Estados Unidos se había apuntado a clases de español para no perder lo que había aprendido.

Tiarnan tuvo una breve charla con Esmeralda, y, cuando esta los dejó para volver a sus ocupaciones, se volvió hacia Kate y le dijo:

–Tenemos algo de tiempo antes del almuerzo; ven, te enseñaré la casa.

Dejaron el elegante vestíbulo, y pasaron a un inmenso comedor, con una mesa a la que podían sentarse veinte comensales. Cada vez estaba más deslumbrada, y hasta empezaba a sentirse algo intimidada, pero luego, cuando Tiarnan la condujo al salón, esa sensación disminuyó. Era una habitación muy confortable, con sofás que invitaban a sentarse, estanterías llenas de libros...

Kate sintió una punzada en el pecho. Aquella habitación sí que daba la impresión de un verdadero hogar: cálido y acogedor, con coloridas alfombras que vestían el suelo desnudo.

En la parte de atrás de la casa había un idílico jardín donde el sol arrancaba destellos del agua de una piscina rodeada de árboles y arbustos. Era como un trozo del Paraíso en medio de una de las ciudades más cosmopolitas del mundo.

—Tienes una casa preciosa, Tiarnan.

Nada más pronunciar esas palabras, a Kate le pareció que debían de haber sonado como un cliché. ¿Cuántas mujeres habrían estado allí y le habrían dicho eso mismo?

Tiarnan asintió distraído. Kate le lanzó una mirada, preguntándose qué estaría pensando, pero él ya había echado a andar de regreso a la casa, así que, después de admirar una última vez el deslumbrante y tranquilo jardín, fue tras él.

Almorzaron en un comedor más pequeño y menos formal que estaba junto a la enorme cocina. Esmeralda iba y venía, sirviéndoles la comida, que estaba deliciosa, pero sus cálidas sonrisas no lograron disipar la tensión que había en el ambiente.

Tiarnan estaba siendo encantador con Kate, pero eso no hacía sino ponerla aún más nerviosa, y Rosie estaba muy callada, y respondía con monosílabos cuando intentaba sacarle conversación. Estaba empezando a darse cuenta de que no se trataba solo de una fase, como le había querido dar a entender Tiarnan; era algo más profundo. De hecho, casi no había comido nada.

Cuando le preguntó a su padre, con una vocecita

educada, si podía levantarse de la mesa, Tiarnan frunció el ceño y le espetó:

–Apenas le has dicho dos palabras a Kate.

Kate sonrió a la pequeña y salió en su defensa.

–No pasa nada. Por mí puede irse si quiere. Recuerdo lo aburrido que era para mí, cuando tenía su edad, tener que escuchar las conversaciones de los mayores.

Rosie se levantó como impulsada por un resorte, arrastrando la silla, y salió corriendo. Tiarnan hizo ademán de ir tras ella, pero Kate lo retuvo, asiéndolo por el brazo.

–De verdad que no importa, Tiarnan; déjala.

Él volvió a sentarse y suspiró pesadamente.

–Cuando dejamos la casa que teníamos en las afueras y nos mudamos aquí, la matriculé en otro colegio –le explicó–. El cambio no le está resultando fácil, y ahora mismo me considera el enemigo público número uno.

Kate volvió a pensar en Estela, la ex de Tiarnan. Sorcha nunca le había hablado de los motivos por los que había terminado su matrimonio. Claro que el divorcio de Tiarnan y el nacimiento de Rosie habían coincidido con una época muy difícil en la vida de Sorcha, y lógicamente ella, como amiga, se había centrado en estar a su lado y tampoco había querido entrometerse.

De pronto se abrió la puerta del comedor y entró una mujer de mediana edad con el rostro pálido y las facciones tensas. Parecía como si hubiera estado llorando. Al verla, Tiarnan se puso de pie.

–Ah, Paloma... Esta es Kate, una vieja amiga –dijo–. Kate, ella es Paloma, la niñera de Rosie.

Kate se levantó y le tendió la mano. La mujer se acercó para estrechársela, y acertó a esbozar apenas una sonrisa trémula.

Tiarnan pareció darse cuenta por fin de la agitación de la mujer.

–¿Qué ocurre, Paloma? ¿Le pasa algo a Rosie?

La niñera sacudió la cabeza y los ojos se le llenaron de lágrimas.

–No, no es Rosie; es mi hijo. Ha tenido un accidente y lo han llevado al hospital. Lo siento mucho, señor Quinn, pero tengo que ir allí; necesito estar con él.

Kate rodeó con el brazo los hombros de la mujer, y Tiarnan se apresuró a tranquilizarla.

–Faltaría más; le diré a Juan que te lleve. No te preocupes por nada, Paloma; yo me ocuparé de todo.

Kate la ayudó a preparar una maleta mientras Tiarnan iba en busca del chófer, y una media hora después estaban fuera, en la escalinata de la entrada, viendo como se alejaba el Mercedes conducido por el chófer con Paloma en el asiento de atrás.

Tiarnan se pasó una mano por el cabello y suspiró.

–Lo siento –le dijo a Kate–. Te invité a un almuerzo tranquilo y al final...

Kate encogió un hombro.

–No importa; estas cosas no se pueden prever.

De pronto, el rostro de Tiarnan se ensombreció, y él maldijo entre dientes.

–¿Qué pasa? –inquirió ella.

–Que acabo de acordarme de que esta tarde, a última hora, tengo que estar en Dublín, para la asamblea general del comité que lleva el programa de asistencia social de Sorcha. Le prometí que asistiría a las reuniones del comité en su lugar durante el tiempo que tenga que darle el pecho a Molly. Pero no puedo dejar a Rosie sola.

–Ah...

La reacción instintiva de Kate habría sido preguntarle si podía ayudar de alguna manera, pero ella también tenía que tomar un vuelo esa misma noche. Sabía lo importante que era para Sorcha ese programa de asistencia social a jóvenes, pero...

—¿Y no podría ocuparse de ella Esmeralda?

Tiarnan sacudió la cabeza.

—Es mucho mayor de lo que parece. Además, su marido no está muy bien de salud y también tiene que hacerse cargo de él; no puedo pedirle que se haga cargo también de Rosie.

—¿Y tu madre?

Sabía por Sorcha que la señora Quinn había vuelto a establecerse en su Madrid natal poco después de que Sorcha se independizara.

—Está en el sur, en casa de mi tía, y se va a quedar allí hasta la primavera.

—Vaya...

—Sí. Y eso no es todo. Mañana se supone que tengo que volar a Nueva York para asistir a otra reunión con un senador, el alcalde y el director de uno de los bancos más importantes de la ciudad. Aunque quisiera, no podría cancelarlo.

A Kate le remordía la conciencia. Debería decir algo; no tenía ningún compromiso de trabajo esperándole a su regreso a Nueva York. Le había dicho a su agente, Maud Harriday, que quería bajar el ritmo que llevaba y empezar a aceptar menos trabajos, pero Maud, con la aspereza que la caracterizaba, le había dicho que no podía ser tan blandengue, y que lo único que le hacía falta era tomarse unas vacaciones. Así que, por primera vez en mucho tiempo, tenía por delante varias semanas en las que no tenía en su agenda... absolutamente nada.

—Bueno —comenzó a decirle a Tiarnan—, la verdad es

que yo no tengo nada que hacer durante las próximas...
–se quedó callada. Mejor no darle demasiada informa-
ción–. En fin, que ahora mismo estoy libre. Podría quedarme aquí y cuidar de Rosie... si te parece bien.

Escrutó el rostro de Tiarnan, que se quedó mirándola en silencio. Sabía lo protector que era con su hija.
¿Acaso no confiaba en ella?, se preguntó dolida.

–No me importaría tener una excusa para disfrutar de
unos días más en Madrid –añadió–, y pasar algo más
de tiempo con Rosie.

Kate había vuelto a sorprenderlo al ofrecerse a quedarse con Rosie. Después de su divorcio, algunas de las
mujeres con las que había estado le habían dado a entender que querrían conocer mejor a su hija para ganársela.
Y, como con ellas, su primer impulso habría sido responder con una negativa al ofrecimiento de Kate, pero de
inmediato se impuso la impresión de que a ella sí podía
confiarle a su hija. Y eso también lo sorprendió.

Kate vio que estaba sopesándolo, y aunque no sabía
por qué, se sintió en la obligación de insistirle de nuevo.

–Venga, Tiarnan, no tienes otra elección. Es imposible que con tan poco tiempo encuentres a alguien de
confianza con quien dejar a Rosie.

Tiarnan sabía que tenía razón, y desde luego ella no
era una extraña, pero...

Kate estaba preguntándose qué estaría pensando
Tiarnan cuando de repente dio un paso hacia ella y la
miró suspicaz, ladeando la cabeza.

–No estarás haciendo esto para evitarme, porque te
he dicho que mañana voy a Nueva York, ¿verdad, Kate?
¿O es que crees que ofreciéndote conseguirás hacerte
un hueco en mi vida?

Kate apretó los puños, dolida e irritada por su arrogante suposición.

–No, Tiarnan. Lo creas o no, lo único que pretendo es ayudar.

La suspicacia asomó de nuevo a los ojos de él, que dio un paso más hacia ella y deslizó un dedo por su mejilla hasta llegar a la mandíbula. Kate reprimió el impulso de girar la cara hacia su mano y ronronear como un gato. ¿Cuándo se había vuelto tan sensible esa parte de su cuerpo?

–Bien –murmuró Tiarnan–, porque tenía pensado invitarte a cenar cuando estuviéramos en Nueva York. Ya hablaremos de eso cuando vuelva.

Fue a ella entonces a quien la asaltaron las sospechas. Se acordó de la repentina llamada de Maud, diciéndole que le había conseguido una sesión de fotos en Madrid y que sabía que era precipitado, pero que era una buena oportunidad que no podía rechazar. Apartó la mano de Tiarnan de su rostro y lo miró airada.

–No habrás tenido nada que ver con que mi agente me enviara de improviso aquí para una sesión de fotos, ¿verdad?

Tiarnan se cruzó de brazos y la miró con una sonrisa socarrona antes de encogerse de hombros.

–No... exactamente.

Kate se cruzó de brazos también.

–¿Qué quieres decir?

Él entornó los ojos.

–Pues que puede que le hablara bien de ti al director de la marca Baudé, que resulta que es amigo mío. Sabía que estaba buscando una modelo con un perfil determinado...

Kate no se podía creer lo que estaba oyendo. Solo una semana después de que se encontraran en San

Francisco, había conseguido arrastrarla por medio mundo hasta Madrid. Lo único que le había faltado era que la hubiesen envuelto en papel de regalo con un lazo rojo y la hubiesen dejado en la puerta de su casa.

—¿Cómo te atreves a utilizarme así? No soy un peón que puedas mover a tu antojo ni...

El irritado torrente de palabras de Kate se detuvo cuando Tiarnan la tomó de la mano y se le disparó el pulso.

—Kate, sabes que te deseo —le dijo—. Haré lo que sea para convencerte de ello y conseguir que admitas que tú también me deseas.

—Pero... pero... —balbució ella—. Eso es... maquiavélico.

Tiarnan se acercó aún más a ella y se llevó su mano a los labios para depositar un beso en la cara interna de la muñeca.

—No, se llama deseo. Y es un deseo que llevo reprimiendo mucho, mucho tiempo...

—Tiarnan... —musitó ella—. De eso hace años... Y fue solo un beso... Además, ya no somos los mismos que éramos entonces...

—Entonces, ¿por qué parece que fue ayer, y que fue más que un simple beso?

Sí, eso era lo que parecía, pero ella no había podido quitárselo de la cabeza, mientras que él se había casado y había tenido una hija. La había olvidado. Hasta ese momento. Lo que no sabía era por qué. ¿Porque estaba aburrido, o porque lo intrigaba lo que se había perdido?

Kate intentó liberar su mano, pero él se negó a soltarla. Lo miró a los ojos, furiosa.

—Lo único que hice fue sugerirle tu nombre a mi amigo, eso es todo —continuó Tiarnan, como si lo que había hecho fuese perfectamente razonable—. Quería que volviéramos a vernos para demostrarte que lo que te dije en San Francisco iba en serio. Y luego tenía la esperanza de que aceptaras cenar conmigo en Nueva York, darme una oportunidad.

Kate sacudió la cabeza.

—Mira, ya te lo he dicho: me ofrezco a quedarme con Rosie hasta que vuelvas. Pero aparte de eso no...

Tiarnan le puso un dedo en los labios para interrumpirla.

—Piénsalo, ¿quieres? Es lo único que te pido.

Kate lo miró largo rato a los ojos hasta que finalmente, sintiéndose débil, asintió levemente con la cabeza. Tiarnan pareció darse por satisfecho.

—Bien. Y gracias por ofrecerte a cuidar de Rosie.

Le soltó la mano, dio un paso atrás, y señaló con un ademán la puerta de la casa para que entrara antes que él.

—Será mejor que volvamos dentro para decírselo a Rosie y ponerte al corriente de los detalles de su rutina diaria.

Al entrar, Kate se sintió como si estuviera cruzando una línea y no hubiese vuelta atrás. Solo esperaba que en Nueva York Tiarnan conociera a alguna mujer que atrajera su atención y se olvidara de ella, porque temía no tener, a su regreso, la fuerza suficiente para resistirse a él.

Los ojos de Kate estaban cansados. Dejó lo que estaba haciendo, y se recostó en el sofá, cerrando los ojos un momento y apretándose el puente de la nariz con el pulgar y el índice. Estaba esperando a Tiarnan, que se suponía que tenía que llegar de un momento a otro. Había estado fuera tres días.

Se había preparado mentalmente para mostrarse clara y firme. Tenía intención de salir para Nueva York a primera hora de la mañana. Lo único por lo que le daba pena marcharse era por la pequeña Rosie. Le había costado volver a ganarse su confianza. La había acompañado al colegio los tres días, habían desayunado y cenado juntas, había charlado con ella de todo un poco... y por fin parecía que había conseguido empezar a romper el hielo.

Esa noche, después de arroparla, cuando se había inclinado para darle el beso de buenas noches, la pequeña la había sorprendido rodeándole el cuello con los brazos y apretándose con fuerza contra ella.

Kate no hizo ningún comentario al respecto para no incomodarla, sino que esperó a que la niña se separara de ella y salió de la habitación con el corazón desbordante de emoción. Una emoción que no debería permitirse sentir, ni con la pequeña, ni con su padre.

Y había otra cosa que la había sorprendido en esos días: cómo, poco a poco, se había ido sintiendo cada vez más relajada. Tal vez fuera por el tiempo que hacía que no bajaba el ritmo, como le había dicho a su agente. Cosas tan sencillas como tomarse un café en una cafetería tras dejar a Rosie en el colegio y leer el periódico, le habían recordado cuánto hacía que no se dedicaba algo de tiempo a sí misma.

Sorcha la había llamado esa mañana y, cuando le había dicho que estaba en Madrid, en casa de su hermano, no le había pasado desapercibida la curiosidad de su amiga. Le sabía mal ocultarle nada, pero había preferido atribuir a una serie de meras coincidencias los hechos que la habían llevado a terminar allí.

Sin embargo, no era ninguna coincidencia que estuviese acurrucada en aquel sofá, esperando a Tiarnan, ni tampoco que tuviese una sensación rara en el estómago, mezcla de la expectación y de los nervios...

Toda la casa estaba en silencio. Tiarnan ya había subido a ver a Rosie, que dormía plácidamente en su cama. En el salón solo se veía la tenue luz de una lámpara. Se detuvo en el umbral de la puerta y sus ojos se posaron en el sofá, donde estaba acurrucada Kate. Una sensación de satisfacción lo invadió. La alfombra amortiguaba sus pasos mientras avanzaba hacia ella.

Estaba dormida, y el cabello le caía por encima de un hombro como una capa de brillante oro blanco. Los ojos de Tiarnan recorrieron su esbelta figura, enfundada en unos vaqueros descoloridos y una camisa de cuadros. Tenía los pies desnudos y las uñas pintadas con brillo. La chispa del deseo prendió al instante en él.

Se quitó la chaqueta, la arrojó sobre una silla y se sentó junto a Kate. Apoyó el brazo en el respaldo del sofá y se inclinó sobre el rostro de ella, que estaba girado hacia él.

—Kate... —la llamó en un susurro. Pero ella no se movió.

Estaba preciosa así, dormida, con las mejillas sonrosadas y la boca ligeramente fruncida en un gracioso mohín. No pudo resistir la tentación de inclinarse un poco más y apretar sus labios contra los de ella.

Kate sabía que estaba soñando, pero no quería despertarse. Era un sueño demasiado maravilloso: unos labios estaban moviéndose suavemente sobre los suyos, tentadores, como tratando de empujarla a responder a aquel beso.

Se dejó llevar, imaginándose que era Tiarnan quien la besaba. Era tan agradable que se le escapó un suspiro y entreabrió los labios. Le pareció oír un profundo gemido de aprobación, que pareció recorrer todo su cuerpo, haciendo que los pezones se le endurecieran. Cuando la lengua de su amante onírico se insinuó dentro de su boca para explorarla, Kate sonrió, e hizo una atrevida incursión con la suya, enroscándola sensualmente con la de él mientras se arqueaba, pidiendo más.

En medio del sueño recordó que estaba en Madrid, en casa de Tiarnan, esperando a que volviera de Nueva York, y como si esos pensamientos la devolvieran al mundo de la consciencia, de pronto se dio cuenta de que no estaba soñando, de que lo que estaba pasando era real.

Abrió los ojos, con el corazón desbocado y la respiración agitada. Los ojos azules de Tiarnan estaban mirándola. Despegó sus labios de los de ella y levantó la cabeza. Kate, que tenía las manos en sus hombros, intentó apartarlo, aunque sin éxito.

–¿Qué crees que estás haciendo? –lo increpó furiosa.

Volvió a empujarlo, pero Tiarnan era como una roca. Sus labios se curvaron en una sonrisa petulante.

–Despertarte con un beso.

A Kate le ardían las mejillas.

–El que estuviera dormida no te da derecho a aprovecharte de mí.

Tiarnan la miró divertido.

–Kate, te aseguro que no... –le dijo incorporándose, pero de pronto dio un respingo, como un gato escaldado, y su rostro se contrajo de dolor–. ¿Qué diablos...? –masculló bajando la vista a algo que sostenía en su mano izquierda.

Kate bajó la vista también, y, al ver lo que era, no pudo evitar sonreír con malévola satisfacción. Para que aprendiera..., se dijo. Se incorporó también y le quitó de la mano el objeto en cuestión.

–Es una aguja de hacer punto –le señaló el suelo,

donde yacía un ovillo de lana y la labor que había estado haciendo antes de que llegara. Debía de habérsele caído del regazo al quedarse dormida–. Estoy tejiéndole una rebequita a Molly, para dársela a Sorcha y a Romain como regalo de Navidad.

Tiarnan no parecía estar escuchándola; estaba mirando hacia abajo y tenía la mano derecha en el costado. Kate bajó la vista, y se dio cuenta de que tenía un pequeño desgarrón en la camisa y una mancha oscura.

–Tiarnan... estás sangrando...

Él apretó los labios.

–Me la he clavado.

Presa del pánico, Kate le abrió la parte de abajo de la camisa de un tirón que hizo que saltaran un par de botones. La herida era solo una pequeña punción, pero seguía saliendo sangre, y al alzar la vista vio que Tiarnan se había puesto pálido. Demasiado asustada como para burlarse de él por su aversión a la sangre, Kate fue al cuarto de baño a por el botiquín de primeros auxilios.

–No sabes cómo lo siento, Tiarnan... No me había acordado de que la aguja estaba ahí –murmuró cuando volvió a sentarse a su lado, mientras le desabrochaba el resto de la camisa.

Se notaba temblando por dentro del susto.

Él se limitó a contestar con un gruñido, y Kate se puso a curarle la herida. Mientras se la limpiaba con algodón humedecido en alcohol, lo miró a hurtadillas y vio que le había vuelto el color, y que sus ojos brillaban divertidos.

–O sea que... ¿haces punto? –le preguntó enarcando una ceja, como con incredulidad.

Ella esbozó una sonrisa.

–No es más que un entretenimiento, algo con lo que pasar el tiempo mientras espero mi turno cuando participo en un desfile, o cosas así.

–Ya. Porque leer un libro sería demasiado aburrido, supongo –la picó él.

Kate sonrió de nuevo.

–No podría hacer eso –bromeó–. Sería tirar por tierra el estereotipo de que las modelos tenemos la cabeza hueca.

Los dos cruzaron una mirada divertida, y de pronto Kate fue consciente de que Tiarnan estaba recostado en el sofá, con la camisa abierta y ese impresionante torso al descubierto. Distraída por esos pensamientos, apretó más de lo que pretendía el algodón, y Tiarnan contrajo el rostro.

–Perdona –murmuró, levantando el algodón para ver si la herida había parado de sangrar.

Para su alivio, así era, y no parecía que la aguja hubiese llegado muy adentro. Y ya que su preocupación se había disipado, en lo único en lo que podía pensar en ese momento era en que estaba de pie entre las piernas abiertas de Tiarnan, e inclinada sobre su torso desnudo.

La tela de los pantalones de Tiarnan estaba estirada en torno a sus atléticos muslos, y un rastro de sedoso vello oscuro descendía desde el ombligo y se perdía bajo la hebilla del cinturón. Su torso también estaba cubierto de vello, y de pronto Kate sintió un impulso casi irresistible por saber cómo sería apretar contra su pecho sus senos desnudos.

Con dedos algo temblorosos, abrió la caja de tiritas para sacar una, y rogó por que Tiarnan no se diera cuenta de lo acalorada que estaba.

De lo que Tiarnan sí se había dado cuenta, era de la tentadora visión que le estaba ofreciendo, inclinada como estaba, de su escote. Por lo que podía entrever llevaba un sencillo sujetador blanco, y sus voluptuosos senos parecían increíblemente suaves y tenían una forma perfecta. El dulce perfume que llevaba lo asaltaba cada vez que se movía, y sus piernas parecían interminables con aquellos vaqueros.

Cierta parte de su cuerpo estaba empezando a animarse. Si a Kate se le ocurriese bajar la vista... Apretó los dientes para intentar controlarse, y sintió como se tensaban los músculos de su mandíbula mientras las suaves manos de Kate fijaban la tirita sobre la herida. Su cabello había caído hacia delante, y estaba haciéndole cosquillas en el estómago.

–Ya está –murmuró Kate, y a Tiarnan le pareció que le temblaba la voz.

La asió por los codos, atrayéndola un poco más hacia sí, y cerró un poco las piernas, para atraparla entre ellas. Kate abrió mucho los ojos, y el ver como se dilataban sus pupilas no hizo sino excitarlo más aún.

–Aún no... –le respondió con la voz ronca por el deseo–. Deberías besar la herida para que se cure pronto.

Kate se sentía como si estuviese ardiendo por dentro. No podía apartar sus ojos de los de Tiarnan; la atraían como un imán. El tiempo se detuvo. Estaba tan cerca de él... Si se moviese un poco hacia delante... No, tenía que parar aquella locura. Tenía que recordar que la había manejado como a una marioneta para que fuera a Madrid y seducirla. Tenía que recordar que se había prometido a sí misma que sería fuerte. No podía permitir que aquello ocurriera... Tragó saliva con dificultad.

–Tiarnan, ya no tienes cuatro años –le dijo, pero su voz sonó débil y patética.

–Me he clavado tu aguja –protestó él–. Es lo menos que puedes hacer por mí.

A Kate le latía el corazón tan deprisa que estaba segura de que él podría oírlo. Las manos que la asían por los codos permanecían firmes; no iba a soltarla. Y ella, que se notaba temblonas las piernas, temía perder el equilibrio si intentase apartarse de él. No recordaba haber vivido nunca un momento tan erótico. Con la garganta tan seca que parecía papel de lija, le dijo finalmente:

—Un beso... ¿y me dejarás marchar?

Sin despegar sus ojos de los de ella, Tiarnan asintió.

Kate bajó la vista a la tirita que acababa de colocarle. Entrelazó las manos a la espalda, como para no caer en la tentación de recorrer con sus manos los músculos de su firme estómago. Se inclinó, y vaciló cuando estaba solo a unos milímetros de la tirita. La piel aceitunada y tersa de Tiarnan parecía estar suplicando que la tocara, que la besara. Y seguro que sería cálida, muy cálida. Apretó los labios entreabiertos contra ella, justo encima de la tirita.

Cuando oyó a Tiarnan aspirar por la boca, como excitado, no pudo contenerse y sacó la punta de la lengua para lamer su piel. Tenía un sabor algo salado, y una ráfaga de deseo se desató en su interior con la fuerza de una llamarada. Se moría por explorar el resto de su cuerpo... No, no podía hacer aquello.

Sacando fuerzas de flaqueza logró erguirse, pero Tiarnan la agarró por los brazos y, cuando tiró de ella hacia sí, la pilló desprevenida y perdió el equilibrio, precipitándose sobre él. Quedó a su merced, con el pecho aplastado contra su torso y, lo que era peor, con la erección más que evidente de Tiarnan contra su vientre.

—Dijiste que solo sería un beso —le recordó desesperada.

Tiarnan le rodeó la cintura con un brazo, atrayéndola aún más hacia sí, y le puso la mano libre en la nuca. Era su prisionera.

—Te mentí.

Capítulo 4

CUANDO los labios de Tiarnan tomaron los suyos, el efecto fue tan inmediato como acercar una cerilla encendida a un montón de yesca, y Kate se sintió húmeda de repente.

Tiarnan había tomado su rostro entre ambas manos, y sus labios no le daban tregua, igual que su lengua, pero ella era tan insaciable como él.

Kate le rodeó el cuello con los brazos y enredó los dedos en su corto y sedoso cabello. El corazón le martilleaba contra las costillas cuando las manos de Tiarnan descendieron hasta sus nalgas para apretarla todavía más contra él.

Poco después, esas mismas manos le desabrocharon la camisa, y pronto estuvieron rozando su piel, la curva de sus senos... Kate no protestó. Impaciente por tocarlo a él también, le quitó la camisa, la arrojó a un lado y deslizó las manos por su torso desnudo. Los labios de Tiarnan abandonaron los suyos para dibujar a fuego un rastro de besos por su cuello. Kate se echó hacia atrás, apoyándose en el brazo de Tiarnan que le rodeaba la cintura, y la boca de él alcanzó la curva superior de uno de sus senos.

Los pezones casi le dolían de lo excitada que estaba, y, cuando él tiró hacia abajo de una de las copas del sujetador para dejar el pecho al descubierto, se le cortó el aliento. Tiarnan lo tomó en su mano y frotó con el pulgar su pezón. Kate se mordió el labio inferior y bajó la vista.

–Precioso... –murmuró Tiarnan, devorando con los ojos el pecho desnudo con su sonrosada areola y el pezón endurecido.

Bajó la cabeza para tomar el pezón en su boca, y Kate profirió un largo gemido, a medio camino entre el tormento y el éxtasis, cuando empezó a succionarlo.

Sin embargo, en medio de aquel delirio sensual su conciencia le recordó que aquello no debería estar pasando, que se había jurado que no iba a pasar. La mano de Tiarnan estaba ya a punto de desabrocharle los vaqueros, y tuvo que luchar contra el fiero deseo que la consumía.

–No... no, Tiarnan. Para –le dijo asiéndolo por los brazos para detenerlo.

Él la miró, jadeante, y con el fulgor del deseo en los ojos. Kate dejó caer las manos.

–No podemos hacer esto –le insistió, poniéndose de pie. Le temblaban las piernas y se sentía mareada–. ¿Y si Rosie llega a despertarse y nos pilla? –murmuró, dándole la espalda mientras se ponía bien el sujetador y se abrochaba la camisa.

–Eso no tendría por qué haber pasado. Si no me hubieses hecho parar, habríamos acabado enseguida –dijo Tiarnan–. Pero supongo que tienes razón; este no es el momento ni el lugar.

Sus palabras no podrían haber sido más humillantes para Kate. ¿Eso era lo único en lo que había estado pensando?, ¿en un «aquí te pillo, aquí te mato»?

–Sí, y no volverá a pasar –le espetó enfadada.

Tiarnan la agarró del brazo y la hizo girarse hacia él. Sus ojos relampagueaban.

–¿Cómo puedes decir eso después de lo que acaba de ocurrir?

Una expresión vulnerable asomó a los ojos de Kate, y esa mirada hizo que Tiarnan se diese cuenta de que aquello se le estaba yendo de las manos. Le soltó el brazo. La verdad era que, si no lo hubiese detenido, la habría hecho suya allí mismo, en el salón, como un adolescente que no podía esperar.

¿Qué había sido de Tiarnan, el seductor sofisticado?, ¿de su enfoque lógico y pragmático de tales asuntos? Había tenido que ser Kate quien le recordase que antes de nada debía pensar en su hija.

Kate observó en silencio a Tiarnan, que estaba recogiendo su camisa del suelo para volver a ponérsela, y bajó la vista mientras se la abrochaba, haciendo un esfuerzo por contener las lágrimas. Se sentía tan agitada como si hubiese habido un terremoto. ¿Cómo podía ser tan débil, cómo podía ser que Tiarnan tuviese el efecto que tenía sobre ella?

–Kate...

Trató de recobrar la compostura antes de alzar la vista, y rogó por que su expresión no le dejara entrever el torbellino de emociones que se revolvían en su interior.

–No pretendía saltar sobre ti en cuanto entré por la puerta ni nada de eso..., pero ya has visto lo que pasa cuando estamos juntos...

–Yo...

Las facciones de Tiarnan se endurecieron.

–No lo niegues, Kate. Por lo menos no lo niegues.

Kate apretó los labios. No, no podía negar la atracción que había entre los dos.

Tiarnan le dio la espalda y dio unos pasos por el

salón antes de volver sobre ellos y ponerse frente a ella con el ceño fruncido.

—Iba a preguntártelo mañana, pero supongo que da igual que lo haga ahora.

—¿Preguntarme qué? —inquirió ella nerviosa.

—En el colegio de Rosie tienen que hacer unas reformas que no pueden posponer, y les han dado unos días de vacaciones. Nos vamos pasado mañana a nuestra casa de la Martinica, y me gustaría que nos acompañaras.

Kate se sintió palidecer. Dio un paso atrás y sacudió la cabeza.

—Sabes por qué te lo estoy pidiendo, Kate. Y debes saber que, si me dices que no, si insistes en volver mañana a Nueva York, no cambiará nada. No voy a dejarte escapar. No cuando hay asuntos pendientes entre nosotros. No cuando es algo que los dos deseamos —dijo poniéndole una mano en la mejilla.

De inmediato, una oleada de calor la invadió, y sintió como si el aire se cargara de electricidad. Tiarnan no iba a darse por vencido, pero ella no podía entregarle todo el control. Apartó su mano y volvió a retroceder.

—Me voy a la cama; mi vuelo sale a las once y tengo que estar un par de horas antes en el aeropuerto.

Tiarnan decidió cambiar de táctica.

—Estos días que he estado fuera, cuando he hablado por teléfono con Rosie, la he notado mucho más relajada, y es gracias a ti.

A Kate se le encogió el corazón, pero volvió a sacudir la cabeza.

—Tiarnan, por favor, no sigas por ahí...

—Mira, Kate, me has hecho un favor enorme quedándote con Rosie, y sé que ahora tienes unos días libres. Vamos, seguro que hace meses que no te tomas unas vacaciones de verdad. Esta mañana hablé con Rosie por teléfono y se lo comenté, y dijo que le encantaría que nos acompañaras. Si no te ha dicho nada es porque le pedí que no lo hiciera hasta que no hubiera hablado contigo. Consúltalo con la almohada y dame una respuesta por la mañana.

Su tono no admitía discusión. Era arrogancia en estado puro. Kate apretó los labios.

–Dátela tú; yo mañana me vuelvo a Nueva York –le espetó, y abandonó el salón, dejándolo con la palabra en la boca.

Tiarnan se quedó plantado un buen rato donde estaba, mirando la puerta abierta por la que había salido Kate. Aún se le hacía raro tenerla allí, en su casa, y haberla dejado al cuidado de Rosie. La había permitido adentrarse en un espacio de su intimidad, el de su familia y su hogar, que hasta entonces había sido terreno vedado para las mujeres con las que había salido.

Y ni siquiera su exmujer había tenido la omnipresencia que Kate estaba empezando a tener en su mente, ya fuera despierto o en sueños.

Intentó racionalizar el momento en que el día anterior, estando en Nueva York en medio de una importante reunión, no había hecho más que distraerse, pensando en Kate, y se le había ocurrido la brillante idea de invitarla a pasar esas vacaciones en la Martinica con Rosie y con él.

No lo había hecho solo por su propio interés, se dijo. También lo había hecho por Rosie. A medida que su hija crecía, estaba empezando a ser más consciente de que no contaba con un referente femenino sólido en su vida.

Cuando le había mencionado su idea a Rosie, la pequeña había reaccionado con un entusiasmo que hacía semanas que no había demostrado por nada. De hecho, el cambio que se había producido en ella en esos días lo había convencido de que dejarla con Kate había sido una buena decisión.

Sin embargo, no podía negar que, a pesar de esa noble intención, a su repentino interés por que Kate los acompañara subyacía otra mucho menos honorable: la quería en su cama, debajo de él.

Al recordar el modo en que había reaccionado a su invitación, se preguntó si no estaría jugando al gato y al ratón con él, poniéndoselo difícil. O tal vez fuera una revancha por aquella vez que él la había rechazado, años atrás.

Esos pensamientos le provocaron una punzada de decepción, aunque no habría sabido explicar por qué le dolía aceptar que Kate pudiese tener esa clase de comportamiento calculador cuando era lo que esperaría de cualquier otra mujer. ¿Acaso ella era diferente?

Con la primera luz del alba entrando por la ventana y un nudo en el estómago, Kate miraba abstraída el techo, echada en la cama. Apenas había pegado ojo en toda la noche después de la increíble invitación de Tiarnan. ¡Que lo consultara con la almohada, le había dicho! ¡Como si siquiera tuviera que pensárselo! Ni de broma iba a ir a una isla tropical paradisíaca para darse un revolcón con él.

Sin embargo, aunque lo tenía muy claro, en vez de estar serena por saber que la decisión correcta era decirle que no, se encontró recordando lo de aquella noche, diez años atrás.

Por aquel entonces, a los dieciocho años, aunque ya llevaba un par de años viviendo en Londres y trabajando como modelo, no tenía seguridad en sí misma. Pero sí contaba con una ventaja: desde muy niña había aprendido el arte de proyectar una imagen madura y digna, y la utilizaba como una armadura, para protegerse del mundo.

Aquellas Navidades, como su madre se había ido de viaje con su nuevo marido, había claudicado al ruego de Sorcha de que pasara esos días con ella en Dublín, en casa de su familia. Cuando Tiarnan, que estaba fuera, se había presentado de improviso en la fiesta del día de Navidad, Kate se puso hecha un manojo de nervios.

La había fascinado el día que lo había conocido, unos años antes, cuando había acompañado a Sorcha a visitar a su familia. Desde aquel día había vuelto a verlo de cuando en cuando, y con el paso de los años esa admiración se había convertido en un amor platónico de dimensiones monumentales.

La noche de la fiesta era la primera vez en meses, tras acompañar a Sorcha al funeral de su padre, que volvía a ver a Tiarnan, y lo había encontrado aún más guapo y carismático.

Ella llevaba un vestido que le había prestado Sorcha, demasiado corto y ajustado para su gusto, y se había pasado toda la velada evitando la mirada de Tiarnan, y tirándose del vestido hacia abajo para taparse un poco los muslos.

Cuando todos se habían retirado a descansar, a ella, que estaba agitada y no tenía ni pizca de sueño, no se le había ocurrido nada mejor que bajar a la biblioteca, donde había tenido la mala suerte de encontrarse a Tiarnan.

Le había ofrecido una copa, y allí, a solas, mirándolo a los ojos, había ocurrido algo inesperado. De pronto había tenido la impresión de que, por primera vez, no estaba mirándola como a una chiquilla, sino como a una adulta, y aquella revelación la había desinhibido más que un vaso de vodka.

Por primera vez en su vida había sentido confianza en sí misma, en sus armas de mujer, la clase de confianza que fingía todos los días para los fotógrafos y en la pasarela. Estaba cansada de fingir; quería saber cómo era tener de verdad esa confianza.

Con esa recién descubierta confianza en sí misma, un impulso temerario se apoderó de ella: dio un paso hacia Tiarnan, le dijo que lo deseaba, y lo besó.

En ese momento, al recordarlo diez años después, no pudo evitar contraer el rostro. ¿Cómo podía haber hecho algo así de estúpido? Pero el caso era que lo había hecho, lo había besado, y, cuando Tiarnan había respondido al beso, había tenido en ella el efecto del más potente afrodisíaco.

La había atraído hacia sí y las llamas de la pasión la habían engullido por completo, haciendo que se apretara contra él. Solo cuando él había empezado a levantarle el vestido, había vuelto de golpe a la realidad. Se había quedado paralizada, porque ella no tenía ninguna experiencia, y sabía cuáles eran las intenciones de Tiarnan, cuya erección había notado contra su vientre.

Al ver su cara de susto él se había apartado de inmediato, agarrándola por los hombros, y la había mirado con ojos relampagueantes. Ella había bajado la vista, muerta de vergüenza, pero él la había tomado por la barbilla para que lo mirara a la cara, y le había preguntado con crudeza:

—¿Eres virgen, Kate?

Le dio un vuelco el corazón solo de recordarlo. Así,

de un plumazo, su romanticismo había quedado hecho trizas.

Humillada y con las mejillas ardiendo, le había contestado que sí. Él se había vuelto hacia la chimenea encendida, y había permanecido así largo rato, de espaldas a ella. Solo la respiración agitada de ambos rompía el silencio, y a Kate le palpitaban los oídos con los fuertes latidos de su corazón. Ella había hecho un esfuerzo por recobrar la compostura, un mínimo de dignidad ante el hecho, más que obvio, de que estaba rechazándola.

Finalmente, Tiarnan se había girado de nuevo hacia ella, rígido y altivo, y le había dicho:

—Mira, Kate, no sé qué acaba de pasar, pero yo no voy por ahí tirándome a las amigas de mi hermana. No eres más que una niña; ¿en qué diablos estabas pensando?

A ella se le habían saltado las lágrimas. ¿Cómo podía ser tan injusto? Hacía solo un momento habían estado besándose como si no fuese a haber un mañana...

Entonces se había preguntado si no habría malinterpretado su reacción, si no habría estado tan en las nubes que no se había dado cuenta de que él había estado intentando apartarla. De repente se había sentido terriblemente vulnerable. Tenía que protegerse de algún modo, y por eso había hecho de tripas corazón, y había puesto en práctica aquello en lo que la había instruido su madre durante años y que ella detestaba: ocultar sus emociones, mostrarse indiferente, distante.

—Mira, Tiarnan, no es para tanto. Yo solo quería... Solo quería besarte. Quería perder mi virginidad y... bueno, como te conozco y pensé que...

Tiarnan había dado un paso atrás, como si lo hubiera disparado, y la había mirado de un modo gélido.

—¿Qué?, ¿que te serviría porque estaba a mano y

disponible? Ya veo que no te cortas –el rostro de Tiarnan se había tornado inescrutable, como una máscara de piedra–. ¿Sabes?, tiene gracia –murmuró–. Por un momento había creído que eras diferente a las demás... –sacudió la cabeza–. Pero las mujeres nunca dejáis de sorprenderme. Incluso una virgen como tú... –tomó su chaqueta de la silla donde la había dejado, y en un tono tan frío que hizo a Kate estremecerse por dentro, añadió–: Búscate a un chico de tu edad. Será más comprensivo y más amable que yo –le levantó la barbilla, para que lo mirara–. Y, cuando hayas acabado con él, ten compasión con los que vengan después. Es evidente que vas camino de convertirte en una seductora consumada; me siento como si acabara de ver a la versión adulta de la mujer que un día serás.

Apenas una semana después de esas devastadoras palabras, antes de que pudiera remendar su maltrecha dignidad, se enteró por Sorcha de que la exnovia sudamericana de Tiarnan, Estela, estaba embarazada y que él era el padre. Al poco empezaron a correr rumores de que volvían a estar juntos y de que iban a casarse, y unos meses después acabaron confirmándose.

Kate suspiró. Remover el pasado no servía de nada, pero los recuerdos aún eran demasiado dolorosos. Aquella noche de años atrás había intentado jugar con fuego y se había quemado, pero lo que más le dolía era que él hubiera pensado de ella lo que había pensado.

¿Cuándo lo superaría? ¿Y cómo podría superarlo cuando Tiarnan estaba empeñado en doblegar su voluntad para satisfacer su deseo? Su subconsciente traidor hizo que un cosquilleo aflorara en su vientre. ¿Y si se rindiese?, le susurró. Kate rechazó de inmediato ese atrevido pensamiento, espantada de que su orgullo no lo hubiese reprimido.

Sin embargo, aquel pensamiento no solo se negaba a irse, sino que se obstinaba en aferrarse a su mente, insinuando que era inevitable que acabase sucumbiendo al deseo que sentía por Tiarnan y que tanto tiempo llevaba reprimiendo.

Tiarnan no tenía ni idea de que ella no había conseguido superar su rechazo de aquella noche, del daño que le había hecho. No tenía ni idea de que, después de aquello, prácticamente había llegado a convencerse de que se había vuelto frígida, porque no había sentido placer con ninguno de los hombres con los que había estado. Y no tenía ni idea de que la noche anterior había descubierto que estaba equivocada, que no era frígida, sino que, por alguna razón inexplicable, estaba ligada a él, y parecía que era el único hombre capaz de despertar su deseo.

Kate apretó los puños, airada por el poder que Tiarnan ejercía sobre ella. ¿Y si lo que debía hacer era derrotarle en su propio juego? ¿Y si para ella la única forma de pasar página y olvidarlo fuera rendirse, dejarse seducir?

Tal vez, si se acostaba con él, si se arrancaba esa espina, podría por fin quitárselo de la cabeza, alejarse de él sin mirar atrás, y encontrar la tranquilidad y la felicidad que ansiaba, encontrar a alguien a quien amar y con quien compartir su vida.

—¿Es que no vas a contarme qué está pasando?

Kate se sentó pesadamente al borde de la cama con el móvil pegado al oído y se mordió el labio inferior. Su maleta, abierta en el suelo y a medio hacer, lo decía todo. Y no le hacía falta mirar el reloj para saber que había perdido el vuelo a Nueva York. Cerró los ojos y suspiró.

—Pues que Tiarnan me ha invitado a ir con Rosie y con él a pasar unos días a la Martinica, y le he dicho que sí.

—Sí, de eso ya me he enterado, Kate —contestó su amiga con impaciencia.

Kate contrajo el rostro. Sorcha siempre la llamaba «Katie»; solo la llamaba «Kate» cuando estaba enfadada o preocupada.

—He estado hablando con mi hermano y hay algunas cosas que no acaban de cuadrarme —añadió—, como que parece ser que hace poco más de una semana pagó una fortuna por darte un beso delante de un montón de gente, o que sigas en Madrid y que mañana vayáis a iros juntos de viaje a una isla paradisíaca.

—Rosie viene también —se apresuró a recordarle Kate, como si eso supusiera una gran diferencia.

—Kate, no me tomes por tonta, ¿quieres? —le espetó su amiga, dolida—. ¿Crees que en todo este tiempo no me he dado cuenta de que siempre que está mi hermano te comportas de un modo raro? Te vuelves distante y se te ve tensa. Mira, sé que ocurrió algo entre vosotros aquellas Navidades en Dublín —añadió en un tono más amable.

Kate se sintió palidecer.

—Sorcha, yo...

Su amiga suspiró.

—No pasa nada, no tienes que darme explicaciones. Intuí que algo había pasado, y, como no me contaste nada, pensé que sería mejor no presionarte. Pero es que... Tú has estado a mi lado cuando lo he necesitado, Katie, y me gustaría que confiaras en mí para poder estar yo también a tu lado en los momentos difíciles.

Kate se sentía como un vil gusano.

—Perdóname. Pues claro que confío en ti. Lo que

pasa es que... Es tu hermano. Y yo me sentía tan aver-gonzada... No es que no confiara en ti...

–Bueno, es igual. Si quieres podemos hablar de eso en otra ocasión. Pero ahora mismo lo que quiero saber es si sabes lo que estás haciendo.

Kate no sabía qué responder. Cuando había bajado al estudio para hablar con Tiarnan toda su sensatez pa-recía haberse esfumado de un plumazo.

De pie tras su escritorio, Tiarnan la había mirado expectante, y Kate, a quien se le había quedado la boca seca de repente por lo guapo que estaba y lo mucho que la intimidaba, se había encontrado balbuceando de so-petón:

–Aquella noche... aquella noche me dijiste que no ibas por ahí tirándote a las amigas de tu hermana. ¿Qué ha cambiado para que ahora sí quieras hacerlo con-migo?

Tiarnan había rodeado el escritorio para colocarse frente a ella, peligrosamente cerca de ella, y la había mirado a los ojos.

–Todo ha cambiado. Tú ya no eres una chica ino-cente de dieciocho años. Has madurado, convirtiéndote en una mujer preciosa, y las barreras que sentía que debía respetar por tu amistad con mi hermana también han desaparecido. Ahora ella está casada, y lleva su propia vida.

–O sea, que ahora ya no hay ningún inconveniente y quieres llevarme al huerto, solo para satisfacer tu curio-sidad. ¿Es eso? Pues, ¿sabes qué?, que me parece que no quiero darte esa satisfacción.

Por un momento, Kate se sintió fuerte, sintió que podría haberlo dejado allí, con la palabra en la boca, pero justo entonces Tiarnan la asió por la cintura, atra-yéndola hacia sí, y la besó hasta dejarla aturdida y sin aliento, desbaratando sus firmes intenciones como un castillo de naipes.

Cuando finalmente había despegado sus labios de los de ella, la había mirado con los ojos oscurecidos de deseo y le había espetado en un tono burlón:

–¿Y qué me dices de darte a ti misma esa satisfacción? ¿No crees que deberías ser sincera contigo misma?

Rindiéndose al fin a la realidad ineludible de que no podía escapar, ni rehuir sus sentimientos, le había respondido temblorosa:

–Si hacemos esto, seré yo quien ponga las condiciones: en cuanto terminen estos días y abandonemos la isla, me dejarás tranquila...

La voz de su amiga al otro lado de la línea la devolvió al presente.

–¿Katie, sigues ahí? ¿Me oyes?

–Sí, sigo aquí. No te preocupes; sé lo que estoy haciendo –respondió Kate, con la esperanza de sonar convincente.

Sorcha suspiró.

–Katie, conoces a Tiarnan casi tan bien como yo, y sabes que siempre ha dicho que no tiene intención de volver a casarse –murmuró–. Es solo que no quiero que...

–Sorcha –la interrumpió ella, antes de que pudiera continuar–, sé lo que puedo esperar de tu hermano. Tengo los ojos bien abiertos; confía en mí. Es algo que dejamos en el aire hace años, y que debemos cerrar –de pronto oyó el llanto de un bebé–. Y ahora deberías dejar de preocuparte por mí y ocuparte de tu pequeñina; parece que Molly se ha despertado.

Cuando colgó, Kate se quedó un buen rato allí sentada, con la mirada perdida. Sabía que ya no podía echarse atrás, y que probablemente aquella era la única manera de quitarse a Tiarnan de la cabeza, pero temía que Sorcha tuviera razón, que por mucho que se dijera que no iba a hacerse ilusiones con respecto a Tiarnan y que mantendría la cabeza fría, tal vez fuera una batalla perdida.

Capítulo 5

AL DÍA siguiente abandonaron Madrid en el jet privado de Tiarnan. El plan era que volarían hasta Nueva York, y allí cambiarían a otro jet que los llevaría hasta la Martinica.

Cuando hubieron despegado, Tiarnan sacó de su maletín unos papeles de trabajo que quería revisar y se enfrascó en ello mientras Kate y Rosie se entretenían jugando a las cartas.

Después del delicioso almuerzo que les sirvieron a eso de las doce, Tiarnan volvió al trabajo y Kate y Rosie volvieron a sacar las cartas, pero al cabo de un rato habían agotado todos los juegos que se sabían, y la pequeña estaba poniéndose quejosa, probablemente porque estaba cansada.

Kate le propuso echarse una siesta en el pequeño camarote que había en la parte trasera del avión. La acompañó para arroparla, pero cuando Rosie se hubo echado le dijo que no tenía sueño, y la dejó leyendo un libro de cuentos.

Cuando volvió a su sitio, como Tiarnan seguía a lo suyo, se puso a hojear una revista, pero empezaron a cerrársele los ojos, y acabó reclinando el asiento y al poco se quedó dormida.

No sabía cuánto tiempo había pasado cuando unas voces la despertaron. Parecía que Tiarnan y Rosie estaban discutiendo.

Se frotó los ojos y asomó la cabeza al pasillo. Tiarnan estaba al fondo del avión, plantado delante de la puerta abierta del camarote, con los brazos en jarras.

–Rosalie, no voy a seguir discutiendo contigo si sigues faltándome al respeto –le estaba diciendo.

–¡Vete! –oyó decir a Rosie con voz temblorosa–. ¡Te odio! ¿Por qué tendría que escucharte cuando ni siquiera eres mi padre?

Luego Rosie se echó a llorar y le cerró la puerta en las narices a Tiarnan, que suspiró pesadamente y forcejeó con el pomo, aunque en vano, porque la pequeña había echado el pestillo.

–Rosie, vamos...

De pronto, como si hubiese sentido sus ojos sobre él, se volvió y vio que había sido testigo de la discusión entre ambos. Se pasó una mano por el pelo y volvió a su asiento.

–Perdona que te hayamos despertado –murmuró mientras se sentaba con aire derrotado.

Kate sacudió la cabeza.

–No pasa nada. ¿Va todo bien? –inquirió, aunque era evidente que no.

Tiarnan suspiró y echó un momento la cabeza hacia atrás antes de volver a mirarla.

–Debería ser sincero contigo. Verás, lo de Rosie... bueno, es algo un poco más complicado que el que la haya cambiado de colegio. No...

La voz del capitán por el altavoz lo interrumpió para anunciar que ya estaban llegando a Nueva York y pronto aterrizarían. Kate no podía creerse que hubiera dormido tanto.

–¿Quieres que vaya y traiga a Rosie? –le preguntó con suavidad a Tiarnan.

Él sacudió la cabeza.

–Ya voy yo. Siento que hayas tenido que presenciar esa escena. Luego te lo explicaré –le dijo antes de levantarse.

Poco después regresaba con Rosie, que tenía los ojos rojos de haber llorado y aún parecía enfurruñada.

Cuando aterrizaron, mientras Tiarnan se ocupaba de las formalidades con las que tenían que cumplir para cambiar de avión, Kate hizo todo lo que pudo para animar a Rosie y aliviar un poco la tensión.

Todavía no se podía creer lo que le había oído decir de que Tiarnan no era su padre. ¿Podía ser que eso fuese verdad? En todos esos años, Sorcha no le había dicho nada de eso.

Para cuando por fin subieron al otro jet y pusieron rumbo a la Martinica, saltaba a la vista que Rosie estaba agotada, así que, después de picotear apenas algo de comer, dejó que Kate la llevara a echarse una siesta en el camarote. Kate se quedó con ella hasta que se quedó dormida, y luego volvió a su asiento.

–¿Te apetece algo de beber? –le preguntó Tiarnan.

Kate sacudió la cabeza, pero luego se lo pensó mejor.

–Bueno, creo que un poco de Baileys no me vendría mal.

Tiarnan llamó a la azafata, y, cuando esta les hubo servido lo que querían, volvió a dejarlos a solas. Permanecieron unos minutos cada uno en sus pensamientos, tomando pequeños sorbos de su bebida, hasta que Tiarnan rompió el silencio.

–Si decidí hacer este viaje con Rosie no fue solo porque la escuela les hubiera dado unos días de vacaciones –le explicó–, sino también porque me pareció que los dos necesitábamos un respiro. Por eso, y porque en ningún otro lugar se siente tan feliz, ni tan querida.

Los guardeses, a los que todos llamamos cariñosamente Mamá Lucille y Papá Joe, son como unos abuelos para Rosie. Llevan trabajando allí desde antes de que adquiriera la propiedad, y tienen cinco hijos y un montón de nietos, algunos de la edad de Rosie.

–Antes, cuando dijo que no eres su padre... –comenzó Kate vacilante, sin saber muy bien cómo preguntar lo que le quería preguntar.

Una sombra cruzó las facciones de Tiarnan.

–Es la verdad; no lo soy.

Kate frunció el ceño y sacudió la cabeza.

–Pues claro que lo eres. Quiero decir que...

Esa vez fue él quien sacudió la cabeza. Apuró su copa y apretó la mandíbula.

–No, no lo soy. Hasta hace un par de años creía que sí lo era, y probablemente nunca lo hubiera descubierto si no hubiera sido por algo que ocurrió. Un día Rosie se puso enferma y la llevé al hospital. Al final no era nada grave, pero tuvieron que hacerle unos análisis de sangre y... bueno, es una larga historia, pero el caso es que a raíz de aquello descubrí que yo no era su padre biológico.

Kate volvió a fruncir el ceño.

–Pero si tú no eres su padre...

–¿Quién es su padre? –terminó él la pregunta por ella, con una risa amarga–. A saber. Podría ser cualquiera de los tres o cuatro hombres con los que al parecer estaba acostándose Estela cuando rompimos –apretó los labios–. Los otros no tenían tanto dinero como yo, así que cuando Estela descubrió que estaba embarazada decidió hacerme creer que yo era el padre. Y la jugada le salió bien, porque mordí el anzuelo. Yo, que siempre me había jurado que no me vería en una situación así, de pronto descubrí que tenía un instinto paternal que desconocía, y me sentía en la responsabilidad moral de hacer lo correcto, así que me casé con ella –le explicó–. En cuanto nació Rosie, Estela se largó con otro, y accedió al divorcio a cambio de una suma nada desdeñable de dinero. El resto, como se suele decir, es historia.

Kate sabía que eso de que había sido una suma «nada desdeñable» de dinero era decir poco. Por lo que había leído en los periódicos, Estela se había hecho rica con lo que le había sacado a Tiarnan con el divorcio.

Un montón de preguntas la asaltaron de repente. ¿La habría amado Tiarnan, a pesar de lo reacio que había sido siempre al matrimonio? ¿Sería por eso por lo que se había casado con ella, aparte de porque creía que debía hacer lo correcto? ¿Le había roto Estela el corazón y por eso se había vuelto tan cínico? ¿Sería ese el motivo por el que desconfiaba de las mujeres?

Tragó saliva.

–¿Cuándo descubriste que había otros hombres en su vida?

Tiarnan cerró los ojos un momento y se frotó la cara con la mano.

–El día que la interrogué tras descubrir que Rosie no era hija mía. Tan pronto como supe la verdad hice los trámites necesarios y pude adoptarla gracias a que Estela me había cedido la custodia al firmar el divorcio. No iba a darle la oportunidad de que utilizara a Rosie como si fuera un peón para sacarme más dinero. Y lo intentó, pero por suerte para entonces Rosie ya era mi hija ante la ley. Además, Estela sabe muy bien que teniendo que ocuparse de una niña no podría seguir con su estilo de vida hedonista, así que ni ha intentado demandarme.

Saltaba a la vista que Rosie le importaba tanto como si hubiese sido su hija biológica de verdad, pensó Kate conmovida. Aquel no era el Tiarnan al que estaba acostumbrada, un hombre implacable que la intimidaba; de pronto estaba viendo su lado más humano.

—Si dejo que Rosie siga viendo a Estela, es porque es lo que quiere. Luego siempre viene disgustada, pero aun así sigue queriendo ir a verla —murmuró Tiarnan, sacudiendo la cabeza con incredulidad. No comprendía aquel comportamiento, aparentemente masoquista, de la chiquilla—. Hace un año fui a Buenos Aires a recoger a Rosie, que estaba pasando unos días con su madre. Nos oyó discutiendo, y se enteró de lo de la adopción. Al principio se negó a volver conmigo, pero Estela le dio a entender sin ninguna delicadeza que no quería que se quedase más tiempo con ella, y no le quedó más remedio que venirse conmigo.

Kate se llevó una mano a la boca, espantada de que una madre pudiese ser tan cruel.

—¡Pobre Rosie!

—Y aun así sigue queriendo volver a ir a verla —repitió Tiarnan, sacudiendo la cabeza de nuevo.

Kate se imaginaba lo mal que debía de estar pasándolo la pequeña, porque en cierto modo era parecido a lo que ella había pasado con su madre durante años.

—Todavía no se lo he dicho a Sorcha —le confesó Tiarnan—; le traería recuerdos que son muy dolorosos para ella.

Kate sabía a qué se refería. Al morir el padre de ambos, Sorcha había descubierto que su verdadera madre era la amante de su padre, su secretaria. Había muerto al dar a luz, y la esposa de su padre, la madre de Tiarnan, la había criado como si fuese hija suya. Sin embargo, nunca se habían llevado bien, y el descubrir la verdad la había sumido en una crisis emocional que podría haber acabado de un modo trágico. Y aunque afortunadamente no había sido así, desde entonces Sorcha y su madrastra se habían distanciado aún más.

—Rosie está castigándome por haberle ocultado la verdad todos estos años —murmuró Tiarnan.

Kate alargó el brazo y le apretó suavemente la mano.

—Pero lo hace porque no tiene otra manera de expresar su ira. Sabe lo mucho que la quieres, y si está arremetiendo contra ti es porque no puede hacerlo contra su madre, que es con quien está dolida, por rechazarla. Lo único que ansía es que su madre la quiera; eso es todo.

Tiarnan apretó los labios.

—Espero que tengas razón, y que antes o después se dé cuenta de que no soy el enemigo —murmuró. Giró la cabeza hacia la ventanilla—. ¡Ah!, mira, ahí está —dijo señalando.

Kate miró hacia abajo, y vio una isla cuajada de bosques en medio del mar, que era de un increíble azul verdoso.

En ese momento se abrió la puerta del camarote y salió Rosie, que fue hacia ellos.

—Le estaba enseñando «nuestra» isla a Kate —le dijo Tiarnan—. Pronto aterrizaremos.

Rosie lo ignoró, se sentó en el regazo de Kate, y se puso a señalarle por la ventanilla y a contarle cosas de la isla. Tiarnan no dejó que su actitud hiciera mella en él. Sabía que Kate tenía razón en lo que le había dicho. No podía culpar a la pequeña por la reacción que estaba teniendo. Le había quedado un cosquilleo en la mano después de que Kate se la apretase para mostrarle su apoyo. Era algo que nunca antes había experimentado, compartir con alguien una preocupación. Lo hacía sentirse... no quería pensar en cómo lo hacía sentirse. Y tampoco en los sentimientos que afloraban en su corazón al ver a Rosie tan confiada y relajada en el regazo de Kate, charlando con ella.

Con la diferencia horaria, pasaban de las tres de la tarde cuando llegaron. El sol pegaba, y debía de haber llovido hacía poco, porque había mucha humedad.

Cuando bajaron del avión, junto a un todoterreno descubierto estaba esperándolos un joven de color que Tiarnan le presentó a Kate. Era Ben, uno de los hijos de los guardeses, y trabajaba para él, como sus padres. Los saludó sonriente y, después de que metieran las maletas en el vehículo y subieran todos a él, se pusieron en camino por una estrecha carretera que discurría paralela a la costa. Kate iba sentada detrás con Rosie, admirando el paisaje y escuchando la charla incesante de la niña. La alegraba verla tan animada.

No tardaron mucho en llegar a un encantador pueblo pesquero, Anse D'Arlet. Tenía un pequeño puerto donde había amarrados pequeños barcos y barcas de colores que se balanceaban sobre el agua, una iglesia blanca, y una calle principal salpicada de tiendas. Algunos edificios evocaban ecos del esplendor de la época colonial, añadiendo una nota de especial atractivo al conjunto.

Rosie señaló con el dedo y dijo entusiasmada:

—¡Mira, Kate, esa es la casa de Zoe! Tiarnan, ¿puedo bajar a verla?

Kate vio a Tiarnan apretar la mandíbula, dolido sin duda por que lo llamara por su nombre, en vez de «papá». Por un momento pareció que iba a decirle que no, pero le pidió a Ben que parara frente a la casa para que la pequeña se bajara.

De la vivienda salió una niña de color, y las dos corrieron, entre chillidos de emoción, la una hacia la otra.

Tiarnan saludó con la mano a la mujer que se asomó a la puerta, y Kate supuso que sería la madre de la otra chiquilla.

Tiarnan se volvió para mirar a Kate y sacudió la cabeza antes de decirle:

—Ya ves cómo se pone cuando llega aquí. No sé yo si contaremos siquiera con ella para la cena. Aunque supongo que querrá ver a Mamá Lucille...

Tiarnan continuó conduciendo hasta que salieron del pueblo, y unos minutos después salió de la carretera para tomar un camino de tierra. Cruzaron las puertas abiertas de una verja, y entraron en el patio delantero de una idílica villa, con altísimos y frondosos árboles, exóticas flores, y una gran casa encalada.

Era de estilo colonial, y tenía un porche de madera a todo alrededor, y un balcón en el piso superior con una barandilla de hierro forjado. Las contraventanas estaban pintadas de un azul brillante, y todo parecía limpio y amorosamente cuidado.

Cuando se hubieron bajado del todoterreno, una mujer negra, oronda y con los dientes más blancos que Kate había visto en su vida, salió a recibirlos.

—Kate, te presento a la única e inigualable Mamá Lucille —dijo Tiarnan, señalándola con un ademán, mientras ayudaba a Ben a sacar las maletas.

La mujer, que se había quedado en lo alto de los escalones del porche, puso las manos en las caderas.

—Déjate de bobadas y ven a darme un abrazo —dijo—. ¿Y dónde está mi niña? —inquirió mirando a un lado y a otro.

Tiarnan dejó a Ben con el equipaje y fue junto a Mamá Lucille, a quien dio un fuerte abrazo.

—¿Dónde crees tú que está? —le respondió—. Tenía que parar a ver a su compinche, tu nieta Zoe. Seguro que

ya están volviendo loca a Anne-Marie –dijo refiriéndose a la madre de la pequeña.

Mamá Lucille se rio y sacudió la cabeza antes de
girarse hacia Kate, que se había acercado a ellos con
timidez.

–¿Y qué es esta visión que tengo ante mí? –le preguntó a Tiarnan con un brillo travieso en sus ojos negros–. ¿Un ángel que ha venido a salvarnos?

Antes de que Tiarnan pudiera contestar, Kate dio un
paso adelante y sonrió.

–Me temo que no; solo soy una vieja amiga de Tiarnan y de Sorcha; me llamo Kate –dijo tendiéndole la
mano.

Su humildad siempre había agradado a Tiarnan. Era
una de las modelos más famosas del mundo, pero no se
le había subido a la cabeza, como a otras, y nunca parecía esperar que la gente supiera quién era.

En vez de estrecharle la mano, Mamá Lucille, dejándose llevar por la impulsividad que la caracterizaba, la
atrajo hacia sí y la envolvió con un cálido abrazo.

Cuando se echó hacia atrás, la miró de arriba abajo
con ojos críticos.

–¿No serás modelo, como Sorcha?

Kate asintió.

–Ya me parecía a mí... Estás tan flacucha como ella,
pero no te preocupes, preciosa: con unos cuantos días
de mi comida pondremos un poco de grasa en esas caderas...

Kate se rio al imaginarse la cara de espanto que pondría su agente si la viese regresar con unos cuantos ki-
los de más. ¡Cómo le gustaría poder no tener que estar
siempre pendiente de su aspecto y de su peso!

Mamá Lucille los dejó para volver a la cocina, y
apareció una chica de sonrisa tímida que Tiarnan pre-

sentó a Kate. Se llamaba Eloise, era nieta de Mamá Lucille, y la ayudaba con las tareas de la casa. La chica estrechó la mano de Kate, y fue a ayudar a Ben con las maletas.

Cuando se quedaron a solas, Tiarnan tomó a Kate de la mano.

—Vamos —le dijo—, te enseñaré la casa.

La casa no podría ser más bonita, iba pensando Kate mientras Tiarnan la conducía escaleras arriba. Los suelos de madera oscura, los viejos muebles, las cortinas de muselina que agitaba la brisa que entraba por las ventanas abiertas...

—¿También viven aquí Mamá Lucille y Papá Joe? —preguntó.

Aunque estaba intentando no mirar el trasero de Tiarnan, que iba delante, cuando él giró la cabeza hacia ella se sonrojó, sintiéndose culpable sin motivo.

—No, y no será porque no haya intentado convencerlos durante años para que se muden aquí. Viven en una casita en el otro extremo de la propiedad. Mamá Lucille dice que lo prefiere, porque como no es muy grande sus familiares no pueden quedarse cuando vienen de visita y así no les dan la lata —le explicó Tiarnan riéndose.

Por el tono cálido de su voz era evidente que le gustaba aquel lugar y su gente tanto como a Rosie.

Al llegar al rellano superior había un amplio pasillo con puertas a ambos lados, y al final del mismo un ventanal con asiento que ofrecía una espectacular vista del jardín.

Tiarnan se detuvo junto a una puerta abierta.

—Esta es tu habitación —le dijo.

Kate lo miró recelosa antes de entrar. Su maleta ya estaba allí. Como en el resto de la casa, el suelo era de madera pulida, y los muebles, incluida la cama con dosel, también eran antiguos. De las paredes colgaban fotografías de paisajes en blanco y negro, y por una puerta lateral se accedía al cuarto de baño, que era enorme y tan elegante como la habitación.

Y finalmente había otra puerta, de doble hoja, por la que se salía al balcón. Por las paredes encaladas trepaban unas enredaderas con unas flores de un fucsia intenso, y en la distancia brillaban las azules y claras aguas del Caribe. Verdaderamente aquello era el paraíso.

—Esto es precioso —dijo volviéndose hacia Tiarnan.

Él avanzó hacia ella con los andares gráciles y amenazantes de una pantera. La tomó de la mano y la llevó fuera, al balcón, y luego hacia la izquierda, donde había otra puerta de doble hoja, abierta también. Era otra habitación, un poco más grande que la de ella, y decorada con un aire más masculino. Era la habitación de Tiarnan... Kate lo supo sin que él tuviera que decirlo, y sintió que una oleada de calor la invadía.

—Tu habitación era donde dormía Rosie cuando era más pequeña —le explicó—. Así podía oírla si se despertaba de noche. Ahora duerme en una habitación que está en el otro extremo de la casa —le besó la mano, sin apartar sus ojos de los de ella, y añadió en un tono sugerente—: Y, como ves, tu habitación y la mía están conectadas por este balcón...

Kate tragó saliva.

—Tiarnan, yo... —no terminó la frase. ¿De qué le serviría luchar contra lo inevitable, contra su propio deseo?—. No importa; es igual —murmuró, dándose por vencida.

Y entonces, al claudicar, un repentino nerviosismo la asaltó. Tiarnan debía de dar por hecho que en esos diez años habría adquirido mucha experiencia en la cama, pero, aunque no había llevado la vida de una monja, tampoco era una experta. Y sin duda él esperaría que fuera como esas mujeres seductoras y sofisticadas con las que salía...

–¿Por qué no deshaces la maleta y descansas un poco? –le dijo Tiarnan–. Mamá Lucille tendrá lista la cena en un par de horas.

Kate admiró su silueta recortada contra el sol, e hizo un esfuerzo para no dejarle entrever su agitación antes de asentir y volver dentro. Se sentía como un junco a merced del viento.

Capítulo 6

A LA hora de la cena Kate bajó al comedor, pero se encontró con que no había nadie ni estaba puesta la mesa. Confundida, salió al pasillo, y oyó a lo lejos la profunda voz de Tiarnan y la risa contagiosa de Mamá Lucille. Parecía que estaban en el porche de atrás.

Cuando salió, el modo en que la miró Tiarnan al verla aparecer, la hizo sentirse repentinamente vergonzosa. No debería haberse recogido el cabello en una coleta; si se lo hubiese dejado suelto, al menos le taparía un poco la cara, y Tiarnan no vería que se estaba poniendo colorada.

Si se había decantado, tras mucho dudar, por el vestido que llevaba puesto, azul marino y con tirantes, había sido porque era sencillo y recatado. De hecho, apenas tenía escote y le llegaba a los tobillos.

Sin embargo, de pronto se sentía desnuda. Tal vez fuera porque la seda, con cada paso que daba, acariciaba su cuerpo, o porque los ojos azules de Tiarnan, que recorrían hambrientos su figura, parecían dejar en su piel, a su paso, un reguero de fuego.

Tiarnan se había quedado obnubilado mirando a Kate, y, si no hubiese sido por el insistente carraspeo de Mamá Lucille, habría seguido babeando como un tonto. Se levantó y le apartó la silla como un caballero. Kate saludó con una sonrisa a Mamá Lucille y a Eloise, que también estaba allí, y tomó asiento.

–¿Y Rosie? –le preguntó a Tiarnan mientras las dos mujeres los dejaban para empezar a servir la cena.

–Vino antes, con Zoe, y cenaron con Mamá Lucille en la cocina, y acaban de irse con Anne-Marie, que ha venido a recogerlas. Rosie se queda a dormir en su casa esta noche. Ya es casi como una tradición; estará de vuelta por la mañana.

Kate bajó la vista, con el corazón martilleándole en el pecho. ¿Iban a estar solos toda la noche? Tragó saliva.

–Seguro que se lo está pasando bomba.

Tiarnan asintió.

–Sí, aquí está rodeada de gente que la quiere como si fuese parte de su familia, y para ella, sobre todo ahora que parece decidida a odiarme, es algo muy importante tener en quien apoyarse.

A Kate la conmovió que le preocupara que Rosie se sintiera querida, aunque estuviese enfadada con él.

–Eres un buen padre –murmuró.

Mamá Lucille regresó en ese momento seguida de Eloise, y fueron y vinieron varias veces, llevando una impresionante variedad de platos con pescado y marisco, verduras a la brasa, arroz, patatas y ensalada.

El sol, que estaba empezando a ponerse, teñía ya el cielo de tonos rosados y malvas. La brisa era cálida, y de fondo se oían las olas del mar. Era un escenario idílico.

–Pensé que sería más agradable comer aquí fuera; espero que no te importe –le dijo Tiarnan.

Kate sacudió la cabeza.

–No, es perfecto. Me encanta.

–Buen provecho –dijo él levantando su copa de vino.

–Buen provecho –respondió ella, brindando con él.

En cuanto empezaron a comer, Kate no podía creerse lo bueno que estaba todo. Cada bocado era una explosión de sabor.

—Ummm... Está todo delicioso —murmuró.

Tiarnan sonrió y asintió.

—La cocina de Mamá Lucille es legendaria. En infinidad de ocasiones ha recibido ofertas, tanto de particulares como de los mejores restaurantes de la isla, para contratarla como cocinera, pero las ha rechazado todas.

Kate tomó un sorbo de vino.

—Y sin duda tú la compensarás por esa fidelidad como se merece —observó con una sonrisa.

—Por supuesto. Siempre cuido de las personas a las que quiero.

Kate sintió una punzada en el pecho, y bajó la vista al plato para ocultar su expresión. ¿Se estaría refiriendo también a las mujeres que habían pasado por su cama? ¿Sentiría algo por ellas, aunque solo fuera de un modo superficial? ¿O sería capaz de amar de verdad?

—¿Y qué me dices de ti? —le preguntó de improviso Tiarnan—. Parece que se te dan bien los niños. ¿Te gustaría tener hijos algún día?

A Kate, que estaba bebiendo en ese momento, le faltó poco para atragantarse. Dejó la copa con cuidado en la mesa, haciendo tiempo antes de contestar. Si fuera otra persona quien le hiciera esa pregunta, le habría respondido con sinceridad que no había nada que deseease tanto como tener hijos, pero con Tiarnan era distinto. Encogió un hombro y volvió a bajar la vista al plato.

—Bueno, lo he pensado, desde luego —comenzó a decir—. Es algo que cualquier mujer a mi edad se plantea.

Lo había dicho en un tono indiferente, pero su mente

traicionera conjuró una vívida imagen de sí misma con un bebé en brazos, y a su lado a Tiarnan, inclinándose para besarlo en la cabecita. Irritada por ese golpe bajo de su imaginación caprichosa, alzó la vista y le lanzó una mirada casi desafiante.

—Pero aún no me siento preparada para atarme y tener hijos —añadió—. Aunque estoy segura de que algún día sí los tendré, cuando encuentre al hombre adecuado.

Tiarnan se echó hacia atrás, con aire relajado, y eso la hizo sentirse aún más tensa.

—Ya. Y supongo que eso significa que todavía no lo has encontrado.

—Si lo hubiera encontrado no estaría aquí, ¿no crees? —le espetó ella.

Era una tonta. ¿Por qué respondía a sus provocaciones?

Tiarnan la escrutó en silencio y se encogió de hombros.

—Pues no lo sé. A decir verdad, no me sorprendería nada que fuera así. Solo diré que, por mi experiencia, sé que las mujeres siempre estáis insatisfechas, ya sea con vosotras mismas o con vuestras vidas, y que seríais capaces de hacer cualquier cosa para poner remedio a vuestro aburrimiento.

—Esa es una visión muy cínica —le dijo ella ofendida.

Él volvió a encogerse de hombros y tomó un sorbo de vino.

—Es lo que pasa cuando creces viendo como hace agua la relación de las dos personas que son tu principal referente en la vida. Tiendes a volverte algo cínico.

La beligerancia de Kate se disipó al instante.

—Perdona. Sé que tus padres no se... llevaban bien.

Tiarnan apretó los labios.

—Por decirlo suavemente —asintió—. Claro que, si hubiesen sido un matrimonio perfecto, no habría nacido mi hermana.

—Pues yo creo que fue un gesto altruista por parte de tu madre aceptar criar a Sorcha como si también fuera hija suya —opinó Kate en un tono quedo.

Él hizo un ademán desdeñoso.

—Mi madre es una devota católica; si aceptó hacerse cargo de Sorcha fue porque lo veía como un deber moral más que otra cosa.

Kate se quedó callada un momento, pero se sintió impelida a añadir:

—De todos modos, yo creo que la felicidad en el matrimonio sí es posible. En fin, no hay más que ver a Sorcha y a Romain...

—Sí, es verdad que se les ve felices —concedió él titubeante, y casi sorprendido. Sin embargo, a continuación sus facciones se endurecieron y añadió—: Pero yo hace mucho tiempo que me caí del guindo: al descubrir lo manipuladoras que podéis llegar a ser las mujeres, y hasta dónde sois capaces de llegar para conseguir lo que queréis.

A Kate se le encogió el corazón porque era evidente que estaba hablando de Estela, pero no le parecía justo que juzgase a todas las mujeres por el mismo rasero.

Tiarnan estaba increpándose para sus adentros por haber acabado hablando de lo que no quería hablar. Alzó la vista y sus ojos se encontraron con los de Kate. La veía como una mujer de mundo, una mujer con éxito y con confianza en sí misma, que sabía lo que quería. Era como él.

Alargó el brazo y tomó su mano, deleitándose en la suavidad y la calidez de su piel.

—Claro que para las personas como nosotros las cosas son diferentes –le dijo–. Somos pragmáticos, y jamás nos dejaríamos embaucar por sentimentalismos.

A Kate le dolió que pensara que era como él. ¡Si supiera que Sorcha siempre estaba pinchándola porque era una romántica sin remedio y por su instinto maternal!

Quería preguntarle por su ex, si en algún momento, por muy breve que hubiese sido, Estela había logrado atravesar su coraza de cinismo y hacerle creer en el amor. Claro que, aunque así hubiera sido, teniendo en cuenta que lo había engañado con respecto a la paternidad de Rosie, únicamente se habría reafirmado en su mala opinión sobre las mujeres.

Sería mejor no hacerle ninguna pregunta y seguir comiendo, pensó, aunque parecía haber perdido el apetito con aquella conversación. Se obligó a esbozar una sonrisa y le dijo:

–Pues entonces podemos estar tranquilos, ¿no? Gracias a nuestras convicciones, como no esperamos nada de nadie, no nos llevaremos una decepción.

Pronunciar esas palabras, que iban frontalmente en contra de su propia filosofía, fue para ella como aserrarse el corazón, pero tuvieron el efecto que buscaba, porque Tiarnan sonrió y, entornando los ojos, murmuró:

–Un espíritu afín... Ni yo mismo lo habría expresado mejor.

Aunque Tiarnan y Kate seguían sentados en el porche, la mesa ya estaba recogida, Eloise hacía rato que se había ido, y Mamá Lucille acababa de darles las buenas noches. Cuando Kate le había agradecido la cena con un afectuoso beso en la mejilla, la buena mu-

jer se había mostrado algo azorada por el cumplido,
pero contenta de que le hubiese gustado su comida.

Papá Joe, su marido, había ido a recogerla, y se habían marchado del brazo, riéndose y charlando en el
dialecto del francés que se hablaba en la isla.

Mientras veía alejarse al matrimonio, que parecía
tan enamorado como una pareja de recién casados,
Kate no pudo sino recordar con amargura la conversación que había tenido con Tiarnan durante la cena y,
cuando él puso su mano sobre la de ella, se tensó de
inmediato.

—No se te ve muy relajada —comentó él.

Kate se encogió de hombros y reprimió los sentimientos contradictorios que la agitaban por dentro.

—Al contrario de lo que puedas creer, no estoy acostumbrada a que un hombre rico me arrastre a través de
medio mundo para convertirme en su amante por unos
días.

Tiarnan apretó la mandíbula. Con lo que Kate le
había dicho durante la cena, dándole a entender que
pensaba como él, debería sentirse cómodo, tranquilo,
pero no era así. No del todo.

No se fiaba de ella, y no sabía por qué, pero eso lo
exasperaba. ¿Acaso había alguna mujer de la que se
fiara? No, no tenía por costumbre confiar en ninguna.

Dejó a un lado sus dudas. No tenía necesidad alguna
de empezar a cuestionarse nada. Kate estaba allí, con
él, y eso era lo único que importaba. Y estaban per-
diendo un tiempo precioso cuando podían estar disfru-
tando.

Miró a Kate, que estaba abstraída en sus pensamientos, observando la luna, que se alzaba ya sobre el mar.
Su cabello rubio brillaba con la luz de las velas que
había encendidas en el suelo, a lo largo del borde del

porche, igual que la piel de satén de sus brazos desnudos.

De pronto se le ocurrió algo que podría eliminar la tensión que se palpaba entre ambos.

—Me parece que sé justo lo que necesitamos —anunció, poniéndose de pie.

Kate lo miró, pero, antes de que pudiera decir nada, Tiarnan la tomó de la mano y la hizo levantarse también.

Cuando la llevó dentro de la casa le flaqueaban las piernas y el pánico empezó a apoderarse de ella. Tenía que decírselo, tenía que saber que no era la clase de mujer que él pensaba que era...

—Tiarnan, yo...

Él se volvió y le puso un dedo en los labios.

—Vamos a salir.

El pánico de Kate se tornó en confusión, y la imagen mental de ambos, desnudos en la cama de Tiarnan, en una amalgama de miembros sudorosos, se disipó al instante.

—¿Qué? ¿A dónde?

—Voy a llevarte a bailar.

Cuando Kate entró de la mano de Tiarnan en el concurrido bar del pueblo al que llegaron en el todoterreno, la música los envolvió al instante, igual que el calor humano y el runrún de las conversaciones.

El barman pareció reconocer a Tiarnan nada más verlo, y lo saludó con una enorme sonrisa.

—¡Tiarnan, amigo! Me alegra verte —le dijo, lanzándole a ella una mirada entre curiosa y pícara—. Y también a esta acompañante tan bonita que traes...

Por primera vez en su vida, Tiarnan sintió el aguijón

de los celos al ver a su amigo devorando a Kate con los ojos. Claro que era lo mismo que había hecho el resto de los hombres cuando habían entrado en el local. Kate destacaba como si fuese un pájaro tropical de magníficos colores.

Resistiendo el impulso de dar media vuelta y sacar a Kate de allí, se obligó a mostrarse civilizado y respondió:

–Hola, Luc. Yo también me alegro de verte. Ron para los dos.

Miró a Kate, y le sorprendió ver que parecía casi... cohibida.

–¿Te parece bien? –le preguntó.

Kate alzó la vista hacia él aturdida.

–¿El qué?

–Lo del ron. Lo hacen aquí, en una destilería del pueblo; es muy bueno. He pensado que deberías probarlo.

Ella se limitó a asentir, y una camarera los llevó a un reservado con vistas a la calle, con el puerto al fondo.

El bar, abarrotado de lugareños, estaba en la planta baja de un viejo edificio de estilo colonial. La pieza de salsa que estaba interpretando una pequeña banda en un rincón terminó en ese momento, y empezaron a tocar una pieza más lenta y sensual. Y por cómo se movían algunas de las parejas en la pista de baile, cualquiera diría que estaban en un tris de buscar un sitio más discreto para...

Kate sintió que se le subían los colores a la cara, y Tiarnan tuvo que escoger justo ese momento para reclamar su atención, tomándola de la barbilla para que lo mirara.

–Fascinante... –murmuró Tiarnan, sacudiendo la cabeza y acariciándole la mejilla con el pulgar–. Creo que nunca había visto a ninguna mujer sonrojarse con tanta facilidad.

Sus ojos permanecieron fijos en los suyos tanto rato que Kate empezó a sentir como si se estuviera derritiendo por dentro. Y entonces, cuando ya estaba a punto de suplicar que la liberara del hechizo de su intensa mirada, de pronto Tiarnan apartó la vista, sumiéndola en una maraña de sentimientos encontrados.

El barman volvió con las bebidas, y antes de marcharse le dedicó a Tiarnan una sonrisa cómplice y una mirada traviesa que a Kate no le pasaron desapercibidas. Tomó un sorbo de ron, y de inmediato le escocieron los ojos y le dio tos.

Tiarnan enarcó una ceja y sonrió.

—Esto está fortísimo —protestó Kate, tomando un buen trago de agua—. Podrías haberme avisado.

En ese momento, los músicos empezaron a tocar una melodía con un ritmo contagioso, y Tiarnan se puso de pie y le tendió la mano.

—Venga, vamos a bailar.

Kate se echó hacia atrás en su asiento, presa del pánico, y sacudió la cabeza.

—Yo... no sé bailar, Tiarnan.

La mano de él no se movió de donde estaba.

—En serio —insistió ella en un tono suplicante—, de verdad que bailo fatal. Lo único que conseguiría es hacerte pasar vergüenza.

Tiarnan se puso a su lado y la tomó de la mano para levantarla. Kate volvió a resistirse.

—De verdad, baila con otra; seguro que no te cuesta nada encontrar a alguna otra chica que quiera bailar contigo.

Tiarnan no estaba escuchándola. Mientras la arrastraba a la pista, Kate recordó con horror las risas de Sorcha un día que la había obligado a bailar en un club nocturno, y los pisotones a los hombres con los que había bailado en cierto baile benéfico.

–Tiarnan, tú no lo entiendes –iba diciéndole, al tiempo que trataba de soltarse–. Soy un pato mareado, igual que lo era mi padre. Nunca he sabido...

Tiarnan se giró y atrajo hacia sí a Kate, que se quedó muda al sentirlo pegado a ella, con una mano en el hueco de su espalda, y la otra sosteniendo la suya en alto. Tiarnan comenzó a bailar, moviendo sinuosamente sus caderas contra las de ella y marcando el paso.

–Solo tienes que sentir el ritmo –le dijo al oído, haciéndola estremecer–. Deja que pase a través de ti.

Lo único que Kate sentía en ese momento era que todo su cuerpo parecía haberse vuelto de gelatina.

Tiarnan se apartó un poco de ella y le puso las manos en las caderas.

–¿Ves? Mira mis pies; haz lo mismo que yo.

Kate estaba completamente aturullada. El ancho tórax de Tiarnan y el movimiento de sus estrechas caderas la tenían hipnotizada, y, cuando la puso de espaldas a él y la atrajo hacia sí, pasándole un brazo por el estómago, dejó de preocuparse por no saber bailar. Cerró los ojos y reprimió un gemido de placer.

La melodía terminó, pero dio paso a otra lenta y sensual, y Tiarnan la giró de nuevo y le levantó la barbilla para mirarla a los ojos.

–¿Lo ves? –le dijo–, cualquiera puede bailar.

–Yo no lo tengo tan claro –respondió ella, y sin querer dio un traspié y lo pisó. Cuando Tiarnan contrajo el rostro, sonrió con dulzura, y lo remedó diciéndole–: ¿Lo ves?

–Sí, pero en cambio haría falta algo más que un pisotón para sofocar este calor... –murmuró, apretándola contra sí.

Kate puso unos ojos como platos al notar la erección de Tiarnan. La seda de su vestido apenas actuaba de barrera entre los dos, y un calor húmedo se condensó entre sus piernas. Se aferró a su hombro con la mano libre, como si temiera perder el equilibrio.

–¿Lo ves? –la picó él entonces, con una sonrisa cargada de sensualidad.

La mano de Tiarnan subió a su nuca y la masajeó suavemente antes de deshacer la coleta para soltarle el pelo. Kate se estremeció de deseo, y al mover las caderas contra las de él logró arrancarle un gruñido. Giró el rostro hacia su cuello, y deslizó los dedos por entre los mechones de su corto cabello.

Sus labios estaban tan cerca de la cálida piel de Tiarnan que no pudo resistir la tentación de darle un lametón, y aquello pareció ser demasiado para él, que se paró en seco en mitad de la pista y atrayéndola aún más hacia sí le dijo con voz ronca:

–Vámonos de aquí.

Kate no pudo hacer otra cosa más que asentir en silencio. Estaba preparada; ya no podía esperar más.

Todo ocurrió muy deprisa. Volvieron a la casa en el todoterreno y subieron las escaleras. Embriagada como estaba por la idea de que iban a consumar lo que se había quedado en un simple beso años atrás, Kate no podía pensar en otra cosa.

Por eso, cuando Tiarnan se detuvo en el rellano, y comenzó a decirle que aunque la deseaba estaba dispuesto a esperar si ella no se sentía preparada, le puso un dedo en los labios para interrumpirle.

–Pues si me deseas... soy tuya.

Tiarnan emitió un gruñido de satisfacción y la atrajo

hacia sí. Inclinó la cabeza, y su boca permaneció a unos milímetros de la de ella, como saboreando el momento, hasta que, de improviso, le asió la nuca con la mano, de un modo posesivo, y sus labios descendieron en picado, como un halcón, sobre los suyos.

Sin saber cómo habían llegado allí, Kate se dio cuenta, cuando se separaron sus labios y abrió los ojos, de que estaban en la habitación de Tiarnan. Se miraron jadeantes. Tampoco estaba segura de en qué momento Tiarnan le había desabrochado el vestido. Con un suspiro tembloroso dio un paso atrás, lo dejó caer al suelo y se descalzó, quedando ante él vestida únicamente con sus braguitas de encaje.

–Ven aquí... –la llamó él con voz ronca.

Kate volvió a su lado y, tras abrirle la camisa, rozó con las yemas de los dedos su piel aceitunada, deleitándose en la ligera capa de vello que la cubría. Era tan viril... Su vientre se estremeció. Él aún no la había tocado, pero eso no hacía sino intensificar el erotismo del momento. Se notaba los pechos tirantes, pesados, y sentía un hormigueo casi insoportable en los pezones. Le quitó la camisa, empujándola por sus hombros, y cayó al suelo junto a su vestido.

Las manos de Kate descendieron por sus definidos pectorales, y oyó a Tiarnan aspirar bruscamente entre dientes cuando sus dedos fueron más hacia el sur. Kate bajó la vista, y sus ojos se posaron en la pequeña herida que se había hecho con su aguja de tricotar unas noches atrás. La acarició, y luego se inclinó para depositar sobre ella un suave beso.

Tiarnan volvió a aspirar entre dientes al sentir en su piel sus labios y su aliento, y cuando Kate se irguió devoró ansioso con la mirada su exuberante figura: sus senos, sorprendentemente voluptuosos, la estrecha cin-

tura, las femeninas caderas, las piernas interminables...
Se moría por tocarla, pero la tortura de esperar al momento adecuado era demasiado exquisita como para sucumbir tan rápido a ella.

Con una voz tan cargada de deseo que apenas la reconoció como suya, le pidió:

—Acaba de desvestirme, por favor.

Kate alzó la vista hacia él. Era evidente que estaba dándole tiempo, dejando que fuera ella quien marcase el ritmo. Pero, si la hubiera arrojado sobre la cama en ese momento y la hubiera hecho suya sin más preámbulos, tampoco le habría importado, porque estaba más que dispuesta. Casi se sentía indecente por lo húmeda que estaba.

Con otros hombres siempre se había sentido vergonzosa, incómoda, pero en ese momento, la idea de estar a punto de hacerlo con él no se le hacía raro, sino completamente natural, como si fuera lo correcto, y eso le dio confianza en sí misma. ¡Si pudiese borrar sus anteriores experiencias, y que aquella fuera su primera vez...!

Le rodeó el cuello con los brazos y sus senos quedaron aplastados contra el pecho de él. Los dos se estremecieron, y Kate le dijo con una voz algo trémula:

—Lo haré, te desvestiré. Pero primero... dame un beso.

Tiarnan no se hizo de rogar. Deslizó las manos por los gráciles brazos de Kate, la curva de sus caderas, y la asió por las nalgas para atraerla más hacia sí. En cuanto apretó sus labios contra los de ella fue como si se produjera una combustión espontánea. Las lenguas de ambos danzaban con frenesí.

Kate bajó las manos a los pantalones de Tiarnan. Los desabrochó, y tiró impaciente de ellos. Las manos de él, que se habían colado dentro de sus braguitas, estaban masajeándole las nalgas y obstaculizando sus intentos de quitarle los pantalones.

–Tiarnan... –casi gimoteó con frustración.

Él subió las manos a sus brazos y la apartó un poco para mirarla. Kate se sentía mareada, y los dos jadeaban, como si hubieran estado corriendo un maratón.

–¿Cómo he podido esperar tanto para esto...? –se preguntó él con voz ronca, entre sorprendido y desconcertado.

Se llevó las manos a los pantalones para terminar lo que Kate no había podido acabar, y finalmente quedó ante ella completamente desnudo, exudando virilidad por cada poro de su cuerpo. Kate lo recorrió con la mirada, y de inmediato se le secó la garganta.

Tiarnan la tomó de la mano y la condujo a la cama. El dosel de muselina, que estaba echado para protegerlos de las picaduras de los mosquitos, hacía que la cama pareciera el capullo de una crisálida, o un oasis de placer.

Kate se recostó y observó a Tiarnan mientras se colocaba sobre ella. Le apartó un mechón de pelo del rostro con un ademán increíblemente tierno, y recorrió su cuerpo desnudo con los ojos, como ella había hecho antes con él. Y allí donde se posaba su mirada, sentía como si le ardiera la piel.

Tiarnan cerró la palma de su mano sobre uno de sus senos, y Kate arqueó la espalda en una muda súplica. Lo oyó reírse suavemente, y sintió la caricia de su aliento antes de que tomara en su boca el endurecido pezón y lo succionara sin piedad.

Kate gemía, aferrada a sus hombros, mientras la boca de él pasaba de un pecho al otro, torturándola. Y luego comenzó a descender por su cuerpo. La brisa de la noche, que entraba por las puertas abiertas de la terraza, rozó sus senos húmedos y su estómago, por donde la lengua de Tiarnan se había deslizado.

Le quitó las braguitas y las arrojó a un lado. Le separó las piernas. Kate contuvo el aliento mientras él la miraba, y volvió a arquear las caderas.

—Por favor... —le suplicó, aunque no estaba segura de qué estaba pidiéndole.

Las manos de Tiarnan subieron lentamente por sus piernas y sus pulgares masajearon la cara interna de sus muslos. Solo se detuvieron al alcanzar su pubis.

—Tiarnan...

—Dime qué quieres que haga.

Kate tragó saliva.

—Quiero... quiero que me toques... Te quiero dentro de mí.

Los largos dedos de Tiarnan se insinuaron entre los rizos húmedos y comenzaron a explorarla mientras ella gemía y jadeaba, sin poder dejar de moverse. Luego esos mismos dedos empezaron a entrar y salir, mientras con el pulgar le masajeó el clítoris hasta que la vio aferrarse a las sábanas, con los nudillos blancos.

Se sentía a la vez indefensa, desenfrenada e insaciable. Tiarnan se inclinó hacia ella. Su pecho rozó sus sensibles senos y le dio un profundo y erótico beso con lengua mientras sus dedos continuaban estimulando la parte más íntima de su cuerpo.

Y entonces, de pronto, Tiarnan interrumpió el beso y apartó su mano.

—Ahora te toca a ti... —le dijo en un susurro, tumbándose a su lado.

Tomó su mano y la colocó sobre su miembro. Kate puso los ojos como platos, pero cerró los dedos en torno a él, empezó a frotárselo, y fue entonces Tiarnan quien se movió inquieto, y se deshizo en gruñidos y jadeos.

Cuando apartó su mano, él la miró con los ojos brillantes de deseo y la mandíbula tensa.

—Y ahora... te quiero dentro de mí... —le dijo, y le dio un largo beso con lengua.

Tiarnan se colocó sobre ella y Kate abrió las piernas. Antes de que el deseo le robara por completo la razón, Tiarnan deslizó una mano debajo de la almohada y sacó un preservativo. Se lo puso con la impaciencia de un adolescente y deslizó su miembro erecto, tan tirante que le dolía, entre los pliegues calientes y húmedos de Kate. La sensación fue tan exquisita que se sintió como si hubiese muerto y subido al cielo.

Kate se arqueó, atrayéndolo aún más dentro de sí, y él, haciendo uso de todo su poder de autocontrol, empezó a mover las caderas. Las mejillas de Kate estaban teñidas de rubor y de sus labios, hinchados por sus besos, escapaba un gemido tras otro. Al verla así, Tiarnan sentía que estaba a punto de explotar.

La piel de ambos estaba resbalosa por el sudor, y los latidos de su corazón se habían tornado fuertes y rápidos. Tiarnan empujó las caderas más deprisa, y Kate le rodeó la cintura con las piernas, urgiéndolo para que la penetrara aún más y con más fuerza.

Cuando finalmente llegaron al clímax, el placer que experimentaron fue tan intenso que por un instante se les cortó la respiración, y fue como si aquel momento se hubiese quedado suspendido en el tiempo. Tiarnan se derrumbó sobre ella, y se quedaron abrazados, paladeando los últimos acordes del orgasmo.

Tiarnan se despertó y sintió un vacío en la cama, junto a él. Una sensación de pánico que no le gustó se apoderó de él. Levantó la cabeza y vio que estaba amaneciendo.

Kate estaba fuera, en el balcón, apoyada en la barandilla, mirando el mar. Un profundo alivio lo invadió... y eso tampoco le gustó.

Llevaba puesta su camisa, y nada más, y su silueta se insinuaba de un modo tentador bajo la tela blanca.

Se bajó de la cama. Como si estuviese unida a él por un hilo invisible, Kate se irguió y se dio la vuelta. No se había abrochado la camisa, y la mantenía cerrada con una mano. El cabello le caía sobre los hombros, y brillaba con los primeros rayos del amanecer.

Tiarnan avanzó hacia ella como un depredador. Kate era lo único que ocupaba su mente, y en ese momento no tenía ojos más que para ella.

Verla vestida de esa guisa, cubierta únicamente con la camisa que él había llevado la noche anterior, debería haberle parecido un cliché, pero no lo era.

Muchas mujeres se habían vestido así para él, como si fuera lo que se esperaba de ellas para tener un aspecto más sexy, pero a él aquel truco solo conseguía irritarlo. En ese momento, sin embargo, no se sentía en absoluto irritado. De hecho, lo que estaba experimentando era más bien un arranque posesivo.

Mientras se acercaba, Kate apoyó las manos en la barandilla detrás de sí y la camisa se abrió, dejándole entrever sus gloriosos senos y, un poco más abajo, la suave curva de su vientre y la unión entre sus muslos, donde una maraña de rizos dorados ocultaba el paraíso.

Tiarnan se detuvo ante ella y la atrajo hacia sí, rodeándole la espalda desnuda con los brazos, por debajo de la camisa. Aunque apenas habían dormido en toda la noche, ya se sentía preparado para hacerla suya de nuevo.

Kate levantó una pierna para engancharla en su cadera, y por lo húmeda que estaba supo que ella también estaba dispuesta. Saber que ella también lo deseaba fue como un potente afrodisíaco.

Ni siquiera se molestaron en volver a la cama. Tiarnan la penetró allí mismo. Y allí, con el sol asomándose por el este y tiñendo de un color rosado el cielo, Kate y él se adentraron de nuevo en el reino de los sentidos.

Capítulo 7

KATE no se había sentido tan deliciosamente soñolienta en toda su vida. Ni siquiera podía abrir los ojos. Vagos recuerdos acudieron a su mente, como fogonazos: su vestido cayendo al suelo, apasionados besos que la habían dejado sin aliento, el cuerpo sudoroso de Tiarnan moviéndose sobre ella...

De pronto oyó el ruido de una puerta abriéndose, y luego pisadas, como de niños correteando.

–¡Katie, Katie! ¡Vamos, dormilona, levántate! –exclamó una vocecita, mientras alguien la zarandeaba.

Eso acabó de despertarla. Abrió los ojos y parpadeó. Estaba en su cama, en su habitación, vestida con el pijama que había guardado bajo la almohada. Rosie y su amiga Zoe estaban a su lado, mirándola.

Kate se incorporó. Tiarnan debía de haberla llevado a su cama y debía de haber sido él quien le había puesto el pijama, porque ella no recordaba habérselo puesto. ¿Tan cansada había estado como para no haber sido consciente siquiera de ello?

Notó que se le subían los colores a la cara, pero intentó disimularlo echando la sábana a un lado y bajándose de la cama. Sonrió a las niñas, con la esperanza de que no advirtieran su agitación.

–¿Qué hora es?

Rosie miró a su amiga y puso los ojos en blanco.

Zoe se rio con timidez. Las dos iban vestidas con pantalones cortos, camisas sin mangas, y bambas.

–Es muy tarde, Katie; ¡casi mediodía! –la informó Rosie–. ¡Venga, vístete ya! Nos vamos a la playa.

Las dos niñas salieron corriendo de la habitación, con Rosie diciéndole que la esperaban abajo, que no tardara. Kate se sentó en la cama y se pasó una mano por el cabello. La idea de ver a Tiarnan después de la noche pasada hizo que le diese un vuelco el estómago.

Mientras se duchaba, unos minutos después, se quedó paralizada al recordar algo que adormilada como estaba, había permanecido también adormecido en su mente hasta ese momento. La última vez que lo habían hecho, al rayar el alba, en el balcón, no habían utilizado preservativo.

No le había pasado desapercibida la cara de espanto de Tiarnan al darse cuenta de su olvido, ni tampoco cómo se había enfadado consigo mismo por ese fallo. Kate se había apresurado a asegurarle que no tenía que preocuparse, que estaba en los días no fértiles de su ciclo menstrual. Y así era, aunque todavía no podía creerse que hubieran sido tan descuidados. Ella tampoco tenía el menor deseo de quedarse embarazada por un momento de pasión. Por no mencionar lo que podría suponer quedarse embarazada precisamente de él.

–Buenos días. ¿O debería decir «buenas tardes»?

Un cosquilleo recorrió a Kate al oír aquella voz profunda y sexy mientras se abrochaba las sandalias, sentada en un escalón al pie de la escalera. Inspiró para intentar calmarse antes de alzar la vista, pero no pudo controlar los latidos de su corazón desbocado. Se sentía horriblemente avergonzada por lo que había pasado.

Se había comportado como una chica fácil. Le había demostrado a bombo y platillo hasta qué punto lo había deseado durante todos esos años. Debería tratar al menos de ocultarle el poder que tenía sobre ella. Tenía que hacerle creer que para ella solo era uno más en una larga lista de compañeros de cama. Tenía que protegerse de él.

Por eso, se colocó la armadura de mujer fría y dura que había estado forjándose durante años, y alzó la vista. Tiarnan estaba apoyado en el marco de la puerta del salón con aire despreocupado y una sonrisa seductora en los labios. Iba vestido con una camiseta blanca que resaltaba sus músculos, unas bermudas de color caqui, y unas viejas zapatillas de deporte.

Kate tragó saliva y se levantó vergonzosa. Se sentía desnuda a pesar de que llevaba un atuendo similar, perfectamente decoroso. Se acercó a él y, tratando de no mostrar vacilación alguna, levantó la barbilla para mirarlo, y le dijo en voz baja:

—Gracias por lo de anoche; estuvo bien.

La sonrisa se borró de los labios de Tiarnan, y el cambio que se produjo en su mirada hizo que a Kate le diese un vuelco el corazón.

No le había sido fácil pronunciar esas palabras vacías, cuando lo que en realidad habría querido decirle era que la noche pasada había sido la más hermosa de toda su vida, y que permanecería para siempre en sus recuerdos. Pero no podía olvidar con quién estaba tratando, o Tiarnan la destruiría.

Tiarnan tomó su mano y le besó la cara interna de la muñeca, haciendo que una ráfaga de calor aflorara en su vientre y que se le cortara el aliento.

—Sí, estuvo bien —respondió—. Estoy impaciente por que llegue esta noche.

Kate hizo un esfuerzo por no apartar la vista. La aterraba que se diese cuenta de que solo estaba fingiendo. Esbozó una sonrisa.

—Yo también.

En ese momento se oyó un ruido de pasos y se apartaron el uno del otro justo en el momento en que Rosie entraba corriendo.

—¡Venga! —los increpó—, ¡llegaremos tarde!

Tiarnan se agachó para recoger del suelo una cesta enorme que parecía que fuera a reventar.

—¿Dónde vamos? —le preguntó Kate, mientras Rosie saltaba a su alrededor, impaciente por marcharse.

Mamá Lucille apareció en ese momento, secándose las manos en el delantal, y atrapó a Rosie para darle un gran abrazo y un beso.

—De picnic a la playa —contestó Tiarnan—, con Zoe y su familia.

Salieron, y Kate los siguió hasta el todoterreno, que estaba cargado hasta los topes. Parecía que aquello del picnic era una especie de ritual, por todos los preparativos, y entonces cayó en la cuenta de que era domingo. Debía de ser una tradición de la gente del lugar, ir de picnic a la playa en familia.

Mamá Lucille la sorprendió al despedirse también de ella con un abrazo, y se pusieron en camino.

Fueron a una playa que debía de ser un rincón secreto, conocido solo por los lugareños, porque estaba completamente desierta. Los únicos que estaban allí eran ellos, Zoe, y toda la familia de esta: sus padres y hermanos, y los demás hijos, sobrinos y nietos de Mamá Lucille y Papá Joe.

Tal y como Tiarnan le había dicho, saltaba a la vista que Rosie se sentía como una más de la familia, y le pareció que la pequeña estaba empezando a mostrar

menos hostilidad hacia Tiarnan. Esperaba que aquellas
vacaciones lo ayudaran a recuperar la confianza de la
niña.

En cuanto llegaron, Tiarnan le presentó a los demás,
y la madre de Zoe, Anne-Marie, se hizo cargo de ella y
se preocupó en todo momento de que se sintiera cómoda.

Fue un día muy divertido, en el que pudo ver el lado
más amable y familiar de Tiarnan, que jugó al fútbol
con los demás hombres, hizo las delicias de los más
pequeños, persiguiéndolos por la playa como si fuera
un monstruo, y mientras comían arrancó risas a todos
con sus bromas y sus anécdotas. ¡Qué distinto del hombre de negocios al que estaba acostumbrada!

También hubo un momento extraño en el día, en que
tuvo una conversación con Anne-Marie mientras Tiarnan jugaba con Rosie y los demás niños en el agua.

Charlaron de todo y de nada, se hicieron confiden-
cias y hasta hablaron de Tiarnan. Anne-Marie le dijo
que era la primera vez que llevaba a una acompañante
a uno de sus picnics. Ella le aseguró con las mejillas
encendidas que solo eran amigos, y añadió que él no
quería una relación seria, pero Anne-Marie sonrió con
picardía y replicó que ningún hombre era una isla.

Kate fue pensando en esa conversación durante todo
el camino de vuelta, mientras lanzaba miradas a hurtadillas a Tiarnan, que iba al volante. Estaba segura de
que Anne-Marie se equivocaba. Tiarnan era una isla, y
en su vida no había sitio para ella. Y cuanto antes lo
aceptase, mejor. No servía de nada soñar con imposibles.

Dos días después, Kate estaba sentada a la sombra en
el jardín, tricotando. Ningún ruido la advirtió de que no

estaba sola y por eso, cuando oyó a alguien murmurar: «Vengo en son de paz; no estoy armado», dio tal respingo que casi se cayó del sillón de mimbre en el que estaba sentada.

Tiarnan estaba frente a ella, con las manos levantadas en un cómico gesto de rendición y la vista fija en sus agujas de tricotar.

La había pillado desprevenida, y no solo porque no lo hubiera oído llegar, sino también porque había estado, cómo no, pensando en él. O, para ser más exactos, recordando la noche anterior, y los momentos de éxtasis que habían compartido. Temerosa de que pudiera leerle el pensamiento, bajó la vista y dejó a un lado su labor.

—No tienes por qué preocuparte —respondió, siguiéndole la broma—; no te clavaría una aguja a plena luz del día.

Tiarnan se sentó en el sillón de mimbre que había al lado del suyo y se quedó callado, mirando el jardín.

—Creía que estarías con Rosie —dijo Kate para romper el silencio.

Tiarnan echó la cabeza hacia atrás y cerró los ojos. Los rayos del sol se filtraban entre las hojas del árbol bajo el que estaban, arrojando sobre su figura retazos de luz. Al oír su comentario abrió los ojos, la miró, y dobló los brazos por detrás de la nuca para apoyar la cabeza.

—No, se ha ido de compras al pueblo con Papá Joe.

—¿Y su amiga Zoe?, ¿no ha ido con ella?

—Está en el colegio; no está de vacaciones como Rosie —le recordó Tiarnan.

—Ah, es verdad. Lo había olvidado.

Kate se sentía extrañamente vergonzosa. Aún no se había acostumbrado a tratar con Tiarnan durante el día, después de una noche cargada de pasión. Además, tenía miedo de pasar demasiado tiempo con él, de encariñarse con él, o que su fascinación por él fuera en aumento.

Tiarnan se incorporó de repente y le tendió la mano.

–Ven a dar una vuelta conmigo; quiero enseñarte algo.

Ella se quedó mirando su mano con suspicacia y él, cuando lo advirtió, no pudo evitar fruncir el ceño. En los últimos dos días había estado guardando las distancias con él, y lo irritaba. Durante la noche se entregaba a él con más pasión que ninguna otra mujer que hubiera conocido, pero durante el día...

Era como si hubiese dos Kates distintas. Por un lado lo trataba con la indiferencia a la que lo tenía acostumbrado pero, al contrario que otras mujeres de su clase, no buscaba continuamente su atención, y tampoco se quejaba de lo provinciano que era aquel lugar, ni de la falta de distracciones cosmopolitas.

En vez de eso estaba allí, tricotando a solas en el jardín. Y aunque lo irritaba la curiosidad que sentía por conocerla mejor, le resultaba muy difícil resistirse.

–¿Y qué pasa con Rosie? –le preguntó Kate–. ¿Y si vuelve y no nos encuentra aquí?

–Papá Joe la ha llevado a la otra punta de la isla. Me dijo que se quedarían a comer allí y que volverían tarde –le explicó él–. Además, Rosie ya ha estado cientos de veces en el sitio al que quiero llevarte. Vamos, Kate, ¿no irás a decirme que te parece más emocionante quedarte aquí haciendo punto que una excursión sorpresa? –la instó, enarcando una ceja y esbozando una media sonrisa.

Kate se derritió por dentro. ¿Cómo podría resistirse a esa sonrisa? Fingió estar sopesando seriamente si prefería quedarse allí y pasarse el día tricotando, y dio un gritito cuando Tiarnan la levantó en volandas y se la echó sobre el hombro, como si no pesase más que un saco de azúcar.

Llevaba un vestido relativamente corto, y la cálida mano de Tiarnan estaba demasiado cerca de sus nalgas.

–¡Tiarnan Quinn! ¡Bájame ahora mismo! ¿Qué pasaría si alguien nos viera? Mamá Lucille...

Tiarnan le dio una guantada juguetona en el trasero y dijo en voz alta mientras entraba en la casa:

–Mamá Lucille ha visto de todo en su vida; ¿a que sí, Mamá? Me llevo a Kate a pasar la tarde por ahí; no te preocupes por hacernos nada de cenar.

Kate se puso roja como un tomate cuando oyó la risa de Mamá Lucille y vio sus pies pasar junto a ellos. Y entonces, por el rabillo del ojo, vio algo y levantó una mano para detener a Tiarnan.

–¡Espera! ¡Mi cámara de fotos! –exclamó, señalando una mesita del pasillo.

Obediente, Tiarnan volvió sobre sus pasos y recogió la cámara antes de salir por la puerta principal. Cuando llegaron al todoterreno, depositó a Kate con delicadeza en el asiento, y le dio la cámara antes de ir a sentarse al volante.

–¡Con lo feliz que estaba, tricotando tan tranquila! –murmuró Kate con fingido fastidio mientras se alejaban de la villa–. Se suponía que esto iban a ser unas vacaciones...

–No, si se veía que te lo estabas pasando bomba... –contestó él riéndose.

Kate frunció los labios.

–Bueno, ¿y dónde me llevas exactamente?

–No puedo contártelo; es una sorpresa –Tiarnan lanzó una mirada a la cámara que tenía en el regazo–. Parece una cámara profesional –observó.

Kate levantó la cámara y la miró.

–Un fotógrafo con el que trabajé en una sesión de fotos me aconsejó cuál debía comprarme si de verdad estaba interesada en aprender fotografía –le explicó algo vergonzosa.

–¿Y lo estás?

Kate encogió un hombro.

–He estudiado fotografía. Como viajo por todo el mundo por mi trabajo, y veo tantas cosas interesantes, me apetecía plasmarlas de algún modo. Supongo que podríamos decir que es una afición que tengo.

Tiarnan estaba seguro de que se le daba bien. Daba la sensación de ser la clase de persona que trataría con un respeto absoluto aquello que quisiera fotografiar.

Poco después llegaban al lugar que Tiarnan le quería enseñar: Saint-Pierre, una preciosa ciudad costera a los pies del monte Pelée, un volcán dormido. Mientras paseaban por sus calles, a Kate le sorprendió el contraste entre los edificios antiguos con otros modernos, y Tiarnan le relató un triste suceso en la historia de la ciudad, antaño la más grande de la isla, y su capital. En 1902 había quedado prácticamente destruida por una erupción del volcán, que había causado la muerte de más de treinta mil de sus habitantes.

Sin embargo, la ciudad había sido reconstruida, y en esos momentos bullía de vida. Fue una tarde muy agradable, y Kate disfrutó inmensamente haciendo fotos, curioseando con Tiarnan los productos que se vendían en el mercado, y comprando algún que otro recuerdo típico de la zona.

Cuando regresaban, Tiarnan tomó otro camino, una carretera serpenteante que bajaba hacia la costa, y aparcó frente a una vieja casa de estilo colonial medio oculta por buganvilla magenta e hibiscos de brillantes colores.

Resultó que era una vivienda que había sido transformada en restaurante, y cuando entraron a Kate no la sorprendió que el maître saludara a Tiarnan como si fuese un viejo amigo.

Los sentaron en la terraza, con vistas al mar y a la hermosa puesta de sol.

—Cuéntame más de tu afición por la fotografía —le pidió Tiarnan mientras cenaban—. Lo que me has contado antes de que habías estudiado fotografía... ¿te referías a la universidad?

Kate bajó la vista a su plato y se remetió un mechón de pelo tras la oreja.

—No, solo fueron unos cursos en una academia; no pude ir a la universidad porque no llegué a terminar el instituto —le confesó avergonzada, encogiendo un hombro y rehuyendo su mirada—. Empecé a trabajar, a ganar dinero... y llegó un punto en que me pareció que se me había pasado el momento.

Kate lo oyó soltar los cubiertos, y a pesar de que no quería hacerlo, alzó la vista hacia él. Tiarnan estaba mirándola muy serio.

—Kate, no tienes por qué avergonzarte. Yo tampoco fui a la universidad.

Ella parpadeó sorprendida.

—No lo sabía. Pero aun así, en nuestra sociedad se juzga a los hombres por unos parámetros mucho menos exigentes que a las mujeres, y más aún si han triunfado, independientemente de que hayan estudiado o no una carrera.

Tiarnan tomó un sorbo de vino.

—Tienes razón. Por desgracia. Pero, si tanto significa

para ti el tener una carrera, ¿por qué no lo hiciste cuando tuviste ocasión?

–¿Quieres decir como Sorcha?

La hermana de Tiarnan y ella habían empezado a trabajar como modelos al mismo tiempo, pero Sorcha había hecho el esfuerzo de compaginarlo con sus estudios para conseguir el diploma de educación secundaria, y luego se había licenciado en Psicología en Nueva York.

Tiarnan asintió, y Kate volvió a encogerse de hombros. No sabía cómo podría confesarle algo que le causaba aún más vergüenza: como su madre le había repetido durante años que su belleza era lo único que importaba y que con su cara y su cuerpo no necesitaba estudios, que lo que tenía que hacer era buscarse un buen partido. Tomó un sorbo de su copa, para reunir fuerzas, y miró a Tiarnan.

–¿Te acuerdas de mi madre?

Él asintió. La recordaba muy bien: una mujer descarada que lo había crispado con su actitud; una mujer a la que le importaban más su aspecto y su estatus social que ninguna otra cosa.

–Claro. ¿Cómo está? –preguntó, solo por cortesía.

Kate esbozó una sonrisa forzada.

–Seguro que está estupendamente. Está de crucero con su marido rico, el cuarto ya, y no me cabe la menor duda de que es de lo más feliz.

Tiarnan frunció el ceño.

–O sea que... ¿no os veis mucho?

Kate sacudió la cabeza.

–Muy de cuando en cuando: a lo mejor si viene unos días de compras a Nueva York, o si viene a uno de mis desfiles... Pero no, en general no le gusta verme porque recordarle que tiene una hija es recordarle que ya no es tan joven.

Tiarnan contrajo el rostro. No le sorprendía en absoluto.

—Mi madre tiene la firme convicción de que una
mujer guapa debe aprovechar lo que le ha dado la natu-
raleza para sobrevivir. Después de que Sorcha y yo
empezáramos a trabajar como modelos, le pareció que
no tenía sentido que siguiera con el instituto. Y tampoco es que fuera una estudiante brillante —le explicó,
bajando la vista a la mesa—. Por eso, aunque en algún
momento sí me he planteado volver a estudiar y conseguir una titulación universitaria, me da un poco de
miedo acabar fracasando.

Tiarnan la tomó de la barbilla para que lo mirara.
Kate se sentía como si le hubiera desnudado su alma.
Nunca le había confesado aquellas cosas a nadie. ¿Por
qué, precisamente, había tenido que contárselas a él?

—Kate, si lo que temes es que piensen de ti que, por
ser modelo, tienes la cabeza hueca, los que piensen así
es que no te conocen —le dijo Tiarnan con vehemencia,
frunciendo el ceño—. Además, algunas de las personas
más influyentes del mundo tampoco tienen un título
universitario, y eso no les ha impedido triunfar.

Kate, que se había puesto roja, tragó saliva. Tiarnan
parecía casi enfadado. Y entonces, como si se hubiese
dado cuenta de que se estaba pasando un poco, dejó
caer la mano y murmuró:

—Perdona. Es que me da rabia verte tirarte por tierra
así a ti misma —sacudió la cabeza—. Los padres pueden
llegar a ser tan crueles, y hacerles a sus hijos tanto
daño...

Kate sintió que se le hacía un nudo en la garganta, y
tuvo que parpadear para contener las lágrimas. Puso su
mano sobre la de él, y le dijo en un tono quedo:

—Gracias, Tiarnan. Sé que lo que dices es verdad, y

tienes mucha razón en lo de los padres... –esbozó una sonrisa temblorosa–. Rosie tiene mucha suerte de tener un padre como tú.

Tiarnan hizo una mueca.

–Pues ahora mismo cualquiera lo diría... Sigue enfadada conmigo.

Kate le apretó la mano.

–Se le pasará; ya lo verás.

Esa noche, cuando regresaron a la villa, Kate se sentía como si algo hubiese cambiado entre Tiarnan y ella. Era una sensación inquietante, a la vez que embriagadora.

Acababa de salir del cuarto de baño, después de haberse lavado los dientes y de haberse puesto el pijama, cuando Tiarnan se asomó a la puerta abierta de su dormitorio. A Kate se le cortó el aliento y sintió que los pezones se le endurecían de deseo.

Azorada por la reacción de su cuerpo, aunque sabía que era ridículo sentir vergüenza con Tiarnan después de haberse acostado con él, alcanzó un chal y se lo echó sobre los hombros.

–Rosie quiere que vayas a darle las buenas noches.

–Claro. Voy ahora mismo.

Iba a salir por la puerta cuando Tiarnan le bloqueó el paso. Enmarcó su rostro con ambas manos, y le peinó el cabello con los dedos. A Kate le palpitó el corazón con fuerza.

–Lo he pasado muy bien hoy –le dijo Tiarnan, mirándola a los ojos.

–Yo también –murmuró ella.

Tiarnan la besó en los labios.

–Te estaré esperando –le dijo, y luego dio un paso atrás, y la dejó ir.

A Kate le temblaban las piernas mientras iba hacia la habitación de Rosie, pero cuando llegó hizo un esfuerzo por que la pequeña no notara su agitación. La niña, que ya estaba metida en la cama, le contó entusiasmada todo lo que había visto y hecho en la ciudad con Papá Joe, y Kate se sintió aliviada al ver que no se molestó cuando le preguntó qué habían hecho ellos, y le dijo que habían ido a Saint-Pierre.

—Ah, yo he estado allí montones de veces —contestó Rosie.

—Gracias por dejarme compartir estas vacaciones con tu padre y contigo —le dijo Kate, inclinándose para darle el beso de buenas noches—. Este sitio es muy especial; entiendo por qué te gusta tanto —añadió, y se levantó para marcharse.

Iba a salir ya del dormitorio cuando oyó a la pequeña preguntarle en un tono quedo:

—Katie, ¿tu padre te quería?

Ella se paró en seco y se giró lentamente. Al ver la carita preocupada de Rosie, volvió junto a ella y se sentó en el borde de la cama.

—¿Por qué me preguntas eso?

La niña se encogió de hombros.

—Es que mi pa... —se quedó callada y empezó de nuevo—. Es que Tiarnan no me quiere. No es mi padre de verdad; solo me adoptó.

Kate sabía que estaba pisando arenas movedizas, y que tenía que medir sus palabras.

—Pues... verás, mi padre murió hace mucho, cariño. Yo creo que sí me quería. Estoy segura de que me quería... aunque no me lo demostrara.

Rosie se incorporó y la miró con suspicacia.

—¿Qué quieres decir?

—Bueno, siempre estaba muy ocupado, y solía llegar

tarde a casa, cuando yo ya estaba durmiendo –le explicó Kate–. Y le preocupaban mucho el trabajo, el dinero... cosas así.

Rosie se quedó pensativa un momento.

–Tiarnan también está siempre muy ocupado, pero todas las noches viene a arroparme, y me lleva al colegio, y si está fuera me llama todos los días –empezó a temblarle el labio inferior–. Pero eso no significa que me quiera. Y mi madre tampoco me quiere... No como la madre de Zoe la quiere a ella –se le escapó un sollozo, y rompió a llorar amargamente.

Kate la abrazó, con el corazón en un puño por el dolor y la confusión de la pequeña. La acunó, frotándole la espalda con la mano, y dejó que se desahogara. Tenía la impresión de que hacía mucho que lo necesitaba.

Cuando el llanto de la niña amainó, Kate se echó hacia atrás y le apartó el cabello del rostro. Sacó un pañuelo de papel de la caja que había sobre la mesilla, le secó las lágrimas, y le dio otro para que se sonara la nariz.

–Cariño, no pienses eso. Tu padre te quiere muchísimo.

–¿Cómo lo sabes? –le preguntó Rosie con voz entrecortada.

Kate le remetió un mechón de pelo tras la oreja.

–Lo sé porque habla de ti a todas horas, porque se preocupa por ti, porque presume de lo lista y lo buena que eres –le dijo. Y luego, permitiéndose una mentirijilla, añadió–: Además, está muy orgulloso de lo bien que te estás adaptando a tu nuevo colegio, y lo valiente que estás siendo.

Rosie hizo una mueca.

–Fue él quien me obligó a cambiarme de colegio; y ahora no tengo amigos.

Kate se fingió sorprendida.

—¿Cómo? ¿Me estás diciendo que una niña tan simpática como tú no tiene amigos? Eso es imposible —hizo que la pequeña volviera a echarse, apoyó el brazo en la almohada, y se inclinó para decirle—: ¿Sabes qué? Cuando era solo un poco mayor que tú, yo también tuve que cambiar de colegio.

Eso captó de inmediato la atención de Rosie.

—¿Ah, sí?

Kate asintió.

—Y no solo eso; también nos fuimos a otro país. Vivíamos en Inglaterra, y después de que mi padre muriera, mi madre decidió que volviéramos a Irlanda... ¿Y sabes qué? Que en la casa de al lado vivía tu tía Sorcha, y así fue como nos hicimos amigas. Si no nos hubiésemos ido de Inglaterra, y no me hubiese cambiado de colegio, nunca la habría conocido... y tampoco te habría conocido a ti, ni estaría aquí ahora mismo.

—Vaya... —murmuró Rosie sorprendida.

—Es difícil aceptar los cambios, pero a veces son cambios para mejor. Seguro que acabarás teniendo tan buenos amigos en tu nuevo colegio como los que tenías en el de antes. Ya lo verás.

Rosie bajó la vista y se quedó callada un momento antes de volver a hablar.

—Mi madre no quiere que vaya a verla.

A Kate volvió a encogérsele el corazón al oírle decir eso.

—Rosie, estoy segura de que tu madre te quiere. Pero a veces los mayores se comportan de un modo que confunde un poco. No siempre es fácil entender por qué hacen ciertas cosas —tomó la mano de la niña—. Pero tú tienes mucha suerte de tener el padre que tienes.

Rosie alzó la vista.

–¿Por qué dices eso? –inquirió, mirándola contrariada.

–Porque ni siquiera dejó de quererte cuando descubrió que no era tu padre de verdad. Te quiere tanto que nada más enterarse decidió adoptarte para que nadie pudiera apartarte nunca de él. Quería que todo el mundo supiera que para él eras su hija. Y sé que tú sigues queriéndolo, aunque ahora estés enfadada con él.

Rosie se puso roja y volvió a bajar la vista.

–No pasa nada, cariño –le aseguró Kate, acariciándole el cabello–. Le digas lo que le digas, o hagas lo que hagas, él nunca dejará de quererte y seguirá a tu lado, como lo ha estado siempre, porque eso es lo que hacen los padres de verdad, los que lo son de corazón –miró a la niña y le dijo enarcando una ceja–: Porque no te ha enviado a un internado horrible en medio de ninguna parte, ¿a que no?

Rosie soltó una risita y sacudió la cabeza.

–No. Katie, cuéntame otra vez esa historia de cuando ibas al colegio con mi tía Sorcha, lo de esa fiesta secreta que celebrasteis un día a medianoche.

Kate la besó en la frente y le dio un fuerte abrazo.

–Está bien, pero luego a dormir, ¿eh?

Rosie asintió, dejó escapar un gran bostezo, y a mitad de la historia ya se había quedado dormida.

Un rato después, cuando Kate entró en la habitación de Tiarnan, se encontró con que él también se había dormido. Estaba tendido en la cama, con el torso desnudo y la sábana tapándole apenas las caderas.

Kate sabía que debería volver a su habitación y dormir en su cama, pero aún la embargaba la emoción por la conversación que había tenido con Rosie. Dejó el chal sobre una silla y se acurrucó junto a Tiarnan.

Como impulsado por un resorte, el brazo de Tiarnan la rodeó y la atrajo hacia sí. Fue en ese momento cuando Kate supo que cualquier intento por resistirse a él sería en vano. Por más que intentaba mantener las distancias con él y protegerse para que no le rompiera el corazón, tenía la terrible sospecha de que estaba fracasando estrepitosamente.

Un par de días después estaban desayunando en el porche de atrás. Papá Joe estaba hablando de las plantas del jardín con Tiarnan, y Mamá Lucille iba y venía, atareada en sus quehaceres, cuando de repente apareció Rosie, que había salido a dar una vuelta, tirando de su bicicleta.

—Papá, ¿puedes echarle un vistazo a la cadena? —dijo—. Está saliéndose otra vez.

Kate se quedó de piedra, y se preguntó si Tiarnan se habría dado cuenta de que lo había llamado «papá» en vez de por su nombre, como había estado haciendo últimamente.

Tiarnan y Papá Joe interrumpieron su conversación, y Papá Joe, los dejó a solas discretamente, guiñándole un ojo a Kate. Ella iba a seguir su ejemplo, pero Tiarnan le lanzó una mirada, como pidiéndole que se quedara.

Cruzó los dedos mentalmente mientras él iba con la pequeña. Lo oyó hablar con ella, aparentando la mayor normalidad posible, y lo vio revisar la cadena de la bicicleta, aunque no parecía que le pasara nada. Y entonces, Rosie, como quien no quiere la cosa, dijo:

—Papá, ¿podemos ir de excursión a la montaña?

Tiarnan miró a su hija, que estaba rehuyendo su mirada.

–Creía que me habías dicho ya eras un poco mayor para eso –contestó Tiarnan en un tono suave.

Kate contuvo el aliento, y respiró aliviada cuando Rosie respondió:

–Bueno, sí, pero pensé que a lo mejor no te importaría... Es que... como Zoe está en el colegio, no tengo a nadie con quien jugar –añadió, con las manos entrelazadas a la espalda–. ¡Y Kate también puede venir! –exclamó de repente, corriendo a sentarse en su regazo y dándole un gran abrazo–. Podemos enseñarle los nidos de las arañas y todo eso.

Kate se estremeció y puso una cara de asco que hizo reír a Rosie.

–¡Puaj! No, muchas gracias. Creo que puedo pasar sin ver dónde ponen las arañas sus huevos. No me van nada los bichos. Pero puedes hacerles fotos y enseñármelas luego.

Rosie se bajó de su regazo de un salto.

–¡Mira que eres boba, Katie! –exclamó riéndose–. No sabes lo que te pierdes. Pero si no quieres iré yo sola con papá. Y si cambias de idea puedes venir la próxima vez.

Y, dicho eso, corrió dentro de la casa, llamando a gritos a Mamá Lucille para que la ayudara a preparar una mochila con comida.

Tiarnan, que se había quedado anonadado, fue a sentarse junto a ella.

–Todavía no me lo puedo creer –murmuró, con la mirada fija en la mesa, aturdido–. No me llamaba «papá» desde que se enteró de que era adoptada...

–Los niños antes o después acaban perdonando –dijo ella, encogiéndose de hombros.

Tiarnan levantó la cabeza y la miró de un modo extraño, escrutándola con los ojos entornados.

–¿Por qué será que tengo la sospecha de que has tenido algo que ver en esto? La otra noche tardaste mucho en volver cuando fuiste a darle las buenas noches; y estos dos últimos días ha estado más callada que de costumbre...

Kate sacudió la cabeza. El tono de Tiarnan la confundía. A pesar del cambio que se había producido en Rosie, no parecía muy contento. Sin embargo, se sentía en la obligación de mantener en secreto lo que la pequeña le había dicho a modo de confidencia.

–Solo hablamos, Tiarnan –le dijo–. Le gusta que le cuente historias de cuando Sorcha y yo íbamos al colegio juntas. Deja de buscarle tres pies al gato y vete y disfruta del día con tu hija –esbozó una sonrisa forzada. No había hecho nada malo; no tenía por qué sentirse incómoda–. Yo voy a poner en marcha un plan para sobornar a Mamá Lucille y que me dé algunas de sus recetas secretas.

Aunque Tiarnan seguía sin sonreír, pareció aliviado al oír su respuesta, y a ella le bastó con eso. Se alegraba de corazón por él, por que Rosie hubiese decidido darle otra oportunidad, pero ese sentimiento también la asustaba. Estaba empezando a darse cuenta de que estaba tan enamorada de él, y de que se sentía tan ligada a Rosie y a él, que estaba segura de que, fuera lo que fuera lo que le deparara el futuro, no la llenaría ni la cuarta parte que el estar con ellos.

Tiarnan no conseguía conciliar el sueño. Miró a Kate, que seguía dormida, se bajó de la cama y fue hasta el balcón. La alegría que había sentido con el cambio de actitud de Rosie se había visto empañada cuando se había dado cuenta de lo ingenuo que había sido con Kate.

Había puesto a Rosie en una posición muy vulnerable, y era algo que jamás se perdonaría. Desde la otra noche, cuando le había pedido a Kate que fuera a darle las buenas noches, había notado que su hija estaba más callada, y tampoco se le había escapado la fuerte dependencia que había desarrollado hacia Kate.

Al principio le había parecido una suerte que Rosie se llevara tan bien con ella, pero lo que había ocurrido esa mañana le había puesto la mosca detrás de la oreja, y el haber pasado el día lejos de la embriagadora presencia de Kate le había permitido tomar distancia y verlo todo con claridad.

En un primer momento se había dicho que tenía que estar equivocándose, que lo que estaba pensando era ridículo, pero todo el tiempo lo asaltaban recuerdos de instantes de ternura entre Kate y su hija, de lo deprisa que se había ido afianzando la amistad entre ellas, y llegó un punto en el que ya no podía seguir negando la evidencia, ni a lo que apuntaba.

No se podía creer que hubiera desoído a su instinto y aquella sensación incómoda que había tenido tantas veces. Después de haberle dado muchas vueltas a lo largo del día, había llegado a la firme convicción de que Kate había estado jugando con él, y de un modo magistral. Su fingida reticencia a acompañarlos en ese viaje, su falsa preocupación por Rosie...

Pensó en la excursión que había hecho ese día con su hija. Su alegre cháchara, que tanto había echado de menos, había estado salpicada de incontables menciones a Kate. Igual que una enredadera, había invadido sigilosamente sus mentes, y en especial la de Rosie. Era evidente que la pequeña la idolatraba como si fuera una heroína.

Sí, Kate estaba jugando con ellos, y aunque Rosie era inocente y no sabía nada de la vida, él se había dejado engañar como un tonto, porque el deseo lo había cegado, enturbiándole la razón. Pero eso no volvería a pasar.

Kate se despertó, y se dio cuenta de que Tiarnan no estaba en la cama. Se incorporó, desorientada, y lo vio apoyado en el marco de la puerta del balcón, con la luz de la luna recortando su silueta.

–¿Tiarnan? –lo llamó.

Él se volvió, y se quedó mirándola con una expresión inescrutable antes de ir hacia ella. Kate se puso tensa; volvía a tener la misma sensación de inquietud que esa mañana, en el desayuno.

Tiarnan se detuvo a unos pasos de la cama y se cruzó de brazos.

–Nos vamos mañana.

Sus palabras sonaron cortantes, como los bordes afilados de un cristal roto. Kate se quedó aturdida, igual que si la hubiese abofeteado; no entendía nada.

–Pero... creí que no nos íbamos hasta dentro de cuatro días –murmuró adormilada–. ¿Ha pasado algo?

Él soltó una risa áspera.

–Lo que ha pasado es que me he dado cuenta de que cometí un craso error al traerte aquí.

Kate sintió una terrible punzada de dolor en el pecho, como si le hubiesen clavado un puñal.

–¿Qué quieres decir?

Tiarnan fue hasta la cama.

–No debería haberme fiado de ti. Has utilizado a Rosie para introducirte de manera sibilina en nuestras vidas, en mi vida, para intentar echarme el lazo. Pero al fin he abierto los ojos y me he dado cuenta de que has estado manipulándonos.

Kate se despertó del todo al oírle decir esas cosas horribles. Se bajó de la cama, con el corazón martilleándole contra las costillas, y le espetó:

—¿De qué diablos estás hablando? —estaba temblando de indignación, de lo insultada que se sentía—. ¡Yo jamás utilizaría a Rosie! ¿Cómo puedes pensar una cosa así?

Nunca había visto tan rígidas las facciones de Tiarnan.

—No sé qué le dijiste la otra noche, pero es evidente que siente una devoción por ti que no es normal, y que sin duda tú has propiciado, congraciándote con ella para tus propios fines.

A Kate le dolía en el corazón que pudiera pensar de ella algo así. Pero sabía que no podía, ni quería, traicionar la confianza que la pequeña había depositado en ella.

—Siento un gran cariño por Rosie, y me halaga que se sienta a gusto conmigo porque es una niña encantadora. Pero jamás intentaría ganármela para cazarte y llevarte al altar, como estás sugiriendo.

—¡Basta! —la increpó él, cortando el aire con un brusco ademán—. Hay una buena razón por la que jamás he permitido que ninguna mujer se metiera en el terreno de mi vida privada. Contigo hice una excepción porque nos conocemos desde hace muchos años y no eres una extraña para Rosie, pero fue un grave error. Un error que voy a rectificar de inmediato, antes de que Rosie se encariñe más contigo. Y asumo toda la culpa. Para empezar, jamás debí permitir que te quedaras en Madrid a cuidarla, ni tampoco debí invitarte a venir aquí.

Kate se cruzó de brazos, y trató de disimular su dolor cuando le espetó:

—¿Y qué pasa con Rosie? ¿Qué pensará de que me destierres así, de repente, de vuestras vidas?

—Le he dicho que tienes que regresar por motivos de trabajo. Ya te despedirás de ella por la mañana. Te acompañaré de vuelta a Madrid. Tengo unos asuntos urgentes de los que debo ocuparme, y luego volveré para pasar con Rosie el resto de sus días de vacaciones.

Sus maneras despóticas enfurecieron a Kate.

—No hace falta que me acompañes. No voy a robaros la plata para llevármela escondida en la maleta, si es lo que piensas. ¿O hace falta que te recuerde que yo no quería venir?

Tiarnan frunció el ceño.

—Te acompañaré porque, como he dicho, tengo unos asuntos de los que debo ocuparme. ¿Y hace falta que te recuerde yo a ti que la pantomima que hiciste de negarte a venir solo duró una noche, y que claudicaste a la mañana siguiente?

Kate sintió que la embargaba la vergüenza. Tenía razón, pero no había sido una pantomima.

Capítulo 8

EL AVIÓN aterrizó en Madrid tras un vuelo sin incidentes, y bajaron del jet privado de Tiarnan. Kate vio aliviada a lo lejos el taxi que había pedido antes de salir de la Martinica, y sintió un alivio inmenso.

El chófer de Tiarnan había ido a recogerlos, y Tiarnan le indicó con un ademán que le diera su maleta, pero Kate se aferró a ella. Tiarnan, a quien no le gustaba que lo hicieran esperar, frunció el ceño y alargó la mano hacia ella.

—Tu maleta, Kate.

Ella sacudió la cabeza y dio un paso atrás.

—He pedido un taxi –le dijo, señalando en esa dirección con la cabeza–. Va a llevarme a la terminal 4. Antes de salir saqué un billete para un vuelo a Nueva York desde aquí.

Tiarnan clavó su mirada en ella, haciéndola estremecer por dentro, y la llevó aparte.

—No seas ridícula. No tienes que irte a Nueva York; puedes quedarte conmigo hasta que vuelva a la Martinica.

Kate esbozó una sonrisa amarga.

—¿Era eso lo que esperabas que pasara? ¿Que ahora que estoy lejos de Rosie podamos seguir acostándonos sin que tengas que preocuparte por que la manipule?

Tiarnan volvió a fruncir el ceño. No estaba acostumbrado a que le leyeran la mente, y no podía negar que precisamente eso era lo que tenía pensado. Tendió la mano de nuevo, incómodo con la sensación de desesperación que lo invadió de repente.

—Vamos, Kate, no me hagas perder el tiempo.

Ella sacudió la cabeza con vehemencia.

—No. Acordamos que esto terminaría cuando acabasen estas vacaciones, y han acabado —se obligó a decir. Las palabras eran como cristales rotos que le cortasen la lengua al pronunciarlas—. Gracias por invitarme.

Tiarnan apretó la mandíbula.

—Déjate de juegos, Kate. No voy a perseguirte por medio mundo, y no vas a conseguir nada más de mí por más que te hagas de rogar.

—No se trata de ningún juego —le respondió ella dolida—. Estoy hablando muy en serio; esto se ha terminado.

El tono quedo pero firme de Kate hizo que Tiarnan se preguntara de pronto si no estaría diciéndole la verdad, y lo asaltó también la incómoda y terrible sospecha de que tal vez había juzgado erróneamente su comportamiento con Rosie.

De repente, toda una serie de cosas empezaron a encajar, y la expresión de Kate le recordó cómo lo había mirado aquella noche de diez años atrás, cuando él se había dado cuenta de que era virgen y la había increpado por intentar seducirlo. Esa mirada se había quedado grabada a fuego en su mente, pero entonces no había sabido interpretarla. En ese momento, mirando a Kate, sabía lo que significaba: vulnerabilidad. Dio un paso atrás, contrariado por las emociones encontradas que se agitaban en su interior. ¿Podía ser que se hubiese equivocado de parte a parte con ella?

—Comprendo —murmuró aturdido, sin saber muy

bien qué estaba diciendo–. Gracias por acompañarnos, Kate. Seguro que nos veremos pronto.

Kate palideció, y lo miró confundida, como si hubiese esperado más insistencia por su parte; casi como si la hubiese decepcionado.

–Claro –musitó–. Y, Tiarnan...

Él la miró aturdido.

–Por favor, no pienses que me debes nada por estos días –le dijo Kate–. Si se te ocurre mandarme cualquier cosa como muestra de agradecimiento, te lo devolveré.

Tiarnan la siguió con la mirada mientras se alejaba. El taxista, que se había bajado de su vehículo al verla acercarse, tomó su maleta y le abrió la puerta para que se sentara. Luego metió la maleta en el maletero, se puso al volante, y se perdieron en la distancia mientras Tiarnan seguía allí plantado, como si lo hubiese golpeado un rayo.

Dos semanas después. El Hotel Ritz,
Central Park, Nueva York

–Perdona, William, me temo que lo de bailar no se me da muy bien –se disculpó Kate con una sonrisa forzada.

El brazo del hombre con el que estaba bailando, William Fortwin, el hijo de un conocido magnate de la prensa, le ceñía con demasiada fuerza la cintura mientras giraban por el salón de baile.

–No te creo. Es imposible que una chica tan bonita como tú no baile bien –replicó él.

«Pues yo te he advertido, así que luego no te quejes», le respondió ella mentalmente. William la había invitado a aquella exclusiva fiesta benéfica, y si había accedido a ir había sido porque le parecía mal no darle siquiera una oportunidad.

Sin embargo, estaba empezando a arrepentirse y, si pudiera elegir, en ese momento preferiría estar en cualquier lugar excepto allí.

Le dolían los pies de haber estado trabajando todo el día, y el vestido que se había puesto le quedaba demasiado estrecho. Probablemente la culpa la tenía la deliciosa cocina de Mamá Lucille, se dijo, pero de inmediato apartó ese pensamiento de su mente porque le recordaba a Tiarnan.

Pero el caso era que también se notaba los senos sensibles, y se sentía hinchada. Tenía que ser por la regla, que se le estaba atrasando...

Y el que el vestido le quedara ajustado no la irritaba solo porque estaba incómoda, sino también porque la hacía sentirse desnuda, y William no dejaba de mirarle el escote.

La mano de su pareja de baile bajó por enésima vez a su trasero. Kate suspiró pesadamente, y le obligó a ponerla otra vez en su cintura. ¡Qué ganas tenía de irse a casa!

Cuando Tiarnan, que tenía los puños apretados, vio a Kate apartar la mano de aquel tipo de su trasero, los relajó un poco. Sin embargo, por dentro seguía igual de tenso.

No había esperado encontrarla allí aquella noche. Con todos los eventos que había en Nueva York, en todos esos años nunca habían coincidido en ninguno.

Y como en esas dos semanas no había podido dejar de pensar en ella, al verla había pensado que debía de estar teniendo alucinaciones. Había creído que el volver a la Martinica con Rosie lo calmaría, pero no había sido así.

Era como si todo se hubiese tornado gris, como si hubiese un enorme vacío. Ni siquiera había logrado animarlo el que las cosas hubiesen vuelto a la normalidad con Rosie. Además, durante esos días en la isla, fuera donde fuera, la gente le preguntaba por Kate y querían saber cuándo volvería. Solo había estado allí unos días, pero era innegable que había dejado una profunda huella en los corazones de todas aquellas personas.

Y si al separarse de ella en el aeropuerto se había quedado con la sensación de que la había juzgado mal, esa sensación no había hecho sino reforzarse cuando Rosie le confesó finalmente de qué habían hablado cuando Kate fue a darle las buenas noches.

En ese momento comprendía que su hija había necesitado desesperadamente a alguien con quien desahogarse, en quien poder confiar, y, por lo que le había contado, Kate no había hecho otra cosa más que tranquilizarla, con dulzura y buen tino.

Esa noche estaba deslumbrante con un sensual vestido de color champán. Su piel aún retenía algo del bronceado que se había llevado de la Martinica, y el recogido por el que se había decantado dejaba al descubierto su elegante cuello.

La mano de su pareja volvió a descender a su trasero, justo cuando por la abertura lateral del vestido asomaba su pierna, larga y torneada, y Tiarnan decidió que ya no podía más.

Conteniéndose para no abrirse paso a codazos entre la gente y pegarle un puñetazo a aquel baboso, salió al vestíbulo y fue al mostrador para hablar con la recepcionista. Luego volvió a entrar en el salón de baile, y zigzagueó entre la multitud hacia Kate con un objetivo en mente.

Kate se disculpó con William cuando volvió a pisarle... otra vez. Había perdido la cuenta de cuántos pisotones le había dado ya.

—No hay nadie que baile peor que ella, ¿verdad? —murmuró una voz profunda a sus espaldas.

Kate se detuvo, sobresaltada, y al girar la cabeza vio que era quien se temía. ¿Qué estaba haciendo Tiarnan allí?, se preguntó con el corazón desbocado.

—Estoy seguro de que no le importará que se la robe un rato —le dijo Tiarnan a William—; así podrá darles un descanso a sus pies.

Desconcertado, William soltó a Kate y balbuceó algo incomprensible que sonó a protesta, pero Tiarnan lo ignoró, tomó de la mano a Kate, y se alejó girando con ella.

Kate no sabía si sentirse aliviada o irritada. Se había quedado sin habla por la inesperada aparición de Tiarnan, y una ráfaga de calor la sacudió.

Había sido muy duro para ella decirle adiós dos semanas atrás, y resultaba humillante ver que el poder de atracción que ejercía sobre ella no había disminuido ni un ápice. Furiosa consigo misma, se recordó cómo la había despachado, acusándola de haber utilizado a Rosie.

Y era tan tonta que, en realidad, lo que más le había dolido había sido que, cuando le había dicho que no iba a quedarse con él en Madrid, no hubiese intentado convencerla y la hubiese dejado marchar.

—¿Qué crees que estás haciendo? —lo increpó—. Ese hombre me había invitado a esta fiesta y he venido con él –recalcó, pisando sin querer a Tiarnan, que apenas se inmutó.

–¿Qué querías, machacarle los pies? Parece un blandengue; no aguantaría ni dos bailes –la pinchó con una media sonrisa, seductora y pícara.

–No puedes mandarle que se vaya como si fuera un perro –le espetó ella, irritada.

Tiarnan apretó los labios.

–Acabo de hacerlo. Ese tipo no te llega ni a las suelas de los zapatos, y lo sabes. Seguro que cuando acabase el baile habrías fingido un dolor de cabeza y le habrías dicho que tenías que irte a casa.

Kate gimió espantada. Eso era precisamente lo que había estado pensando hacer. Se puso colorada, y Tiarnan la miró con aire jactancioso.

–En ese caso –le dijo ella con una sonrisa afectada–, supongo que podrás ahorrarme tener que decirte eso mismo a ti.

Tiarnan no respondió. Se había quedado mirando sus labios, como traspuesto, y Kate volvió a sonrojarse al sentir un cosquilleo entre los muslos.

–¿Qué estás haciendo aquí? –insistió, empezando a desesperarse–. Espero que esta no haya sido otra de tus tretas. ¿No le habrás pedido a William que me invitara para que este pareciera un encuentro casual?

–No, estoy aquí por negocios. Pero eso pasó a un segundo plano en cuanto te vi –inclinó la cabeza y le susurró–: No he podido dejar de pensar en ti en estas dos semanas.

Kate se echó hacia atrás y lo miró con los ojos como platos. Estaba temblando por dentro, y se hallaba tan dividida entre el deseo y la ira que estaba al borde de las lágrimas.

Tiarnan la besó junto a la comisura de los labios, rozándolos apenas con la punta de la lengua. Aquel beso desató tal oleada de calor en su cuerpo que, cuando tiró de su mano para sacarla de allí, abriéndose paso entre la gente, no intentó ni siquiera revolverse, sino que lo siguió.

Tiarnan no vaciló ni un momento, como si supiera que, de hacerlo, Kate podría abandonar esa docilidad y huir de él. Entraron en el ascensor y, mientras subían, no apartaron la vista del número que indicaba el panel electrónico sobre la puerta.

Finalmente se detuvo, y la puerta se abrió silenciosamente. Tiarnan la condujo por el pasillo hasta su suite. Kate apenas se fijó en la decoración, ni en la espectacular vista nocturna de Central Park que se divisaba por los ventanales.

Lo único en lo que podía pensar en ese momento era en Tiarnan, y en que se moriría si no la hacía suya ya. Como si le estuviese leyendo la mente, Tiarnan lanzó su chaqueta sobre un sofá, y de inmediato la rodeó con sus brazos y comenzó a devorar sus labios.

Kate se descalzó mientras Tiarnan le subía el vestido, y gimió contra su boca cuando encontró sus braguitas. Dejó que se las bajara, sacó los pies de ellas con torpeza por lo impaciente que estaba, y las arrojó a un lado con el talón.

Luego le quitó la pajarita a Tiarnan, le abrió la camisa y le desabrochó el cinturón y los pantalones. Mientras, las bocas de ambos permanecían fusionadas, como si no pudiesen soportar la idea de separar sus labios ni siquiera un solo segundo.

Tiarnan le quitó el pasador que le sujetaba el recogido, y el cabello le cayó sobre los hombros. Deslizó sus dedos entre los mechones dorados, y le masajeó el cuero cabelludo con una ternura que contrastaba con el ansia y la pasión que le transmitían sus besos.

Kate consiguió bajarle finalmente los pantalones y liberar su miembro en erección. Tiarnan le levantó el vestido, y Kate profirió un intenso gemido cuando la levantó, empujándola contra la puerta, y la penetró de una certera embestida.

Durante un instante, como si estuvieran saboreando el momento, contuvieron el aliento y permanecieron quietos. Luego Kate le rodeó el cuello con los brazos y, en medio de los jadeos de ambos, Tiarnan comenzó a entrar y salir de ella, escalando nuevas cumbres de placer.

Cuando llegaron al orgasmo se esforzaron juntos por prolongarlo, hasta que ya no pudieron más y se abandonaron a las gloriosas sensaciones que estaban explotando dentro de ellos. Jadeante, Tiarnan hundió el rostro en el cuello de Kate. Había sido rápido, frenético... devastador.

A Kate le temblaban las piernas como si fuesen de gelatina cuando Tiarnan la depositó en el suelo. Murmuró algo incoherente, recogió su pasador, las braguitas y sus zapatos del suelo y se fue al cuarto de baño.

Cerró la puerta tras de sí y se sentó en un taburete, aliviada de poder tener un momento a solas para recobrar la compostura. Apenas podía pensar con claridad. Tenía que salir de allí, alejarse de Tiarnan. Al cabo de unos minutos se levantó, se miró en el espejo, y se alegró de haberse maquillado más de lo habitual. Con manos temblorosas volvió a ponerse las braguitas y los zapatos, y se recogió el cabello lo mejor que pudo. Luego, inspiró profundamente, y salió del baño.

Tiarnan estaba sentado en la cama quitándose los gemelos, con la camisa y los pantalones desabrochados y una sonrisa sexy y pretenciosa en los labios.

Kate tragó saliva e hizo acopio de valor para no echarse atrás.

—Lo que te dije en Madrid iba en serio, Tiarnan. Esto se ha acabado y lo que acaba de pasar... —lanzó una mirada acusadora a la puerta— no debería haber pasado.

—Pero ha pasado —replicó él—. Y he pagado esta suite para la noche.

Kate miró la cama enfadada consigo misma, porque una parte de ella estaba sintiéndose tentada de claudicar, de mandar su amor propio a paseo y darse el capricho de una noche más con Tiarnan. Pero si hacía eso... ¿cuándo pondría el punto final? Tenía que ser fuerte. Tenía que poner fin a aquello de una vez por todas.

Sacudió la cabeza y se mantuvo firme.

—No, Tiarnan. No voy a quedarme a pasar la noche contigo. Por más que me tiente, no va a ocurrir.

Tiarnan la miró, irritado y lleno de frustración. Estaba acostumbrado a conseguir siempre lo que quería cuando lo quería, y no pudo evitar que una nota de impaciencia tiñese su voz.

—Mira, Kate, tú me deseas... y yo te deseo. Nos compenetramos bien en la cama. ¿Cuál es el problema?

Ella quería gritar. ¿Tan simple era todo para los hombres? Sí, si para ellos no había sentimientos de por medio, se respondió a sí misma. Tiarnan se levantó para ir hacia ella, y el pánico a no poder resistirse a él la hizo retroceder.

—¡Para! No te me acerques —le dijo levantando una mano.

Tiarnan se detuvo y frunció el ceño.

—No quiero ser uno más de tus ligues, Tiarnan.

—Bueno, yo no llamaría así a lo nuestro. Nos conocemos, somos amigos... para mí eres algo más que un ligue.

¿Que era algo más que un ligue para él? ¡Si no se fiaba siquiera de dejarla a solas con su hija porque creía que pretendía manipularla! Al recordar eso, Kate sintió una punzada de tristeza y de dolor.

–No es verdad. Tú no te fías de mí, Tiarnan. Pero eso da igual, porque antes o después lo nuestro estaba destinado a terminar, ¿no?

Tiarnan no entendía muy bien a dónde quería llegar.

–Bueno, sí... en algún momento, claro. Pero ¿tiene que ser esta noche? ¿Ahora mismo?

Kate asintió y reprimió un sollozo.

–No puedo seguir con esto.

Se dirigió hacia la puerta, pero antes de que pudiera poner la mano en el picaporte, Tiarnan, que había ido tras ella, la agarró por el hombro y la hizo girarse.

–Por favor, Tiarnan... deja que me marche –le suplicó.

Él apretó la mandíbula y escrutó su rostro, visiblemente confundido.

–Dime por qué. Lo único que quiero es que me digas al menos por qué no quieres esto.

Kate lo miró largo rato, y supo que no habría otra manera de que la dejara ir. Tendría que desnudarle su alma.

–¿De verdad quieres saberlo?

Él asintió muy serio.

Kate se apartó de él para poner espacio entre ambos y, armándose de valor, lo miró a los ojos y comenzó a hablar.

–No quiero esto porque lo que pasó aquella noche, hace diez años, no fue como tú crees que fue –le dijo. Tiarnan frunció el ceño, pero Kate continuó–: Aquella noche... yo no tenía ninguna intención de seducirte. Yo... –vaciló y apartó la vista antes de volver a mirarlo a los ojos–. Yo era una adolescente impresionable, y tú me tenías fascinada. Eras alto, guapo, interesante, mayor que yo... Esa noche por primera vez me habías mirado de un modo distinto; no como a una chiquilla, sino como a una mujer. No sé cómo, me lancé y te besé... y tú respondiste a aquel beso. Supuse que creíste que tenía más experiencia de la que tenía en realidad. Y luego, cuando me rechazaste, me sentí humillada. No soportaba la idea de que pudieras darte cuenta de cuánto me había dolido, y por eso hice como que no me había afectado en absoluto.

A Tiarnan le había parecido intuir esa vulnerabilidad, pero como ella se había mostrado tan segura, tan madura, tan indiferente, había dudado de su percepción. No debería haberlo hecho. Era la misma vulnerabilidad que le había parecido advertir en la Martinica, y luego en el aeropuerto de Madrid, cuando se había visto obligado a dejarla marchar.

—Pero ¿qué tiene que ver eso ahora? —inquirió.

—¿Que qué tiene que ver? —exclamó Kate, lanzando los brazos al aire.

Sus mejillas estaban teñidas por el enfado, sus ojos chispeaban, y su pecho subía y bajaba de lo agitada que estaba.

—Durante estos diez años no he podido olvidar lo humillante que fue para mí aquella noche. Cada vez que coincidíamos volvía a recordarlo cuando te miraba. Y te tenía tan idealizado, tenía tan idealizado cómo sería hacerlo contigo, que ninguno de los pocos hombres con los que he estado desde entonces ha estado a la altura —se le quebró la voz—. Es patético, ¿no? En todos estos años no he sido capaz de mantener una relación duradera por esa sombra que proyectabas en mi mente —esbozó una sonrisa amarga—. No quería que supieras que no conseguía superar lo de aquella noche, y por eso durante todos estos años he intentado mostrarme distante contigo. Pero ha habido momentos, como el día del bautizo de Molly, o después de la subasta benéfica en San Francisco, en que sentí que ya no podía seguir ocultándotelo –se encogió de hombros–. Si accedí a acompañaros a la Martinica fue porque pensé que a lo mejor me ayudaría... Pensé que, si me acostaba contigo y veía que no era para tanto, a lo mejor conseguiría hacerte caer del pedestal en el que te había puesto. Pero no ha sido así; lo único que ha hecho ha sido empeorar las cosas –concluyó–. Y sería incapaz de utilizar a Rosie para manipularte; no te imaginas cómo me duele que me creas capaz de algo así –sacudió la cabeza y se dirigió de nuevo hacia la puerta.

Una sensación de pánico se apoderó de Tiarnan, que la agarró por los hombros y la hizo volverse hacia él. Le levantó la barbilla para que lo mirara, pero Kate cerró los ojos con fuerza. La tomó de las manos y se las apretó.

–Kate... mírame.

Ella sacudió la cabeza y apretó los labios, como si estuviese luchando desesperadamente por no llorar, pero una lágrima rodó por su mejilla. Tiarnan se sintió como un gusano.

–Kate, por favor, no llores... Te debo una disculpa. Siento haberte acusado de utilizar a Rosie. Ahora me doy cuenta de lo equivocado que estaba.

Kate abrió los ojos, y el dolor que vio en ellos se le clavó en el alma.

–No sabes nada de mí, Tiarnan –le dijo con voz ronca–. Si no tuviera que volver a subirme nunca más a una pasarela, ni hacer sesiones de fotos para una revista, me sentiría feliz. Cuando llega el fin de semana me encanta quedarme en casa y hacer cosas como cocinar, hornear pan, tricotar... Y más que nada en el mundo lo que quiero es encontrar a alguien a quien amar, alguien que me quiera y con quien tener hijos, muchos hijos. Eso es lo que quiero, y lo que necesito. No sé si es porque no me sentí querida en mi infancia o algo así; lo único que sé es que eso es lo que quiero. Y nunca esperaría nada de eso de ti, porque tú ya has pasado por ello y sé que no quieres repetir la experiencia. Tienes a Rosie, y con ella te basta y te sobra; eres feliz. Pero yo no lo soy, Tiarnan, y el sexo no es suficiente para mí. No soy la clase de persona que va de ligue en ligue, sin involucrarse emocionalmente –intentó soltarse, pero él se aferró a sus manos con fuerza–. Por favor, deja que me vaya, para que pueda olvidarte y seguir con mi vida.

Tiarnan se quedó callado, aturdido. El apasionado discurso de Kate lo había dejado conmocionado, y no era capaz de articular palabra. Kate estaba mirándolo desafiante, como retándolo a intentar seducirla de nuevo, en aquellos momentos que sabía todo lo que sabía.

Tenía razón; se merecía ser feliz. Se merecía encontrar a un buen hombre que la quisiera y que le diera todos los hijos que deseara. Algo se revolvió en su interior al imaginársela con otro, pero apretó los dientes y se reprendió con dureza. No tenía derecho a sentir celos.

De pronto se sentía cansado, hastiado y cínico. Sí, él había «pasado por ello», como Kate había dicho, y había salido escaldado. Después de enamorarse de Estela, y de que ella lo engañara, se había jurado a sí mismo que jamás volvería a ponerle su corazón en bandeja a nadie. Tenía a Rosie, tenía a su hermana, Sorcha, y a su familia. Kate se merecía algo más. Tenía que dejarla ir.

Kate bajó la vista. No podía seguir mirando a Tiarnan a los ojos porque era evidente que por fin lo había comprendido. Le soltó las manos y dio un paso atrás.

–Gracias –musitó Kate, aún sin mirarlo.

–Te mereces encontrar lo que anhelas –dijo Tiarnan–. Te deseo todo lo mejor.

Un par de días después, Tiarnan estaba en su despacho de Madrid, mirando abstraído por la ventana con las manos en los bolsillos. Cuando oyó que llamaban a la puerta y que entraba alguien, se volvió. Era su secretaria.

–Dime, María.

Ella se acercó y le tendió un sobre acolchado de tamaño folio.

–Llegó esto justo después de que te fueras a Nueva York –le dijo–. Como pone «privado» no he querido abrirlo.

Tiarnan lo tomó y le dio las gracias a su secretaria, que se retiró. Le dio la vuelta al sobre. Con la misma letra pulcra que en el anverso, había escrita una dirección de Nueva York que le resultaba familiar, y el nombre *K. Lancaster*. ¡Kate!

Se sentó a su escritorio y abrió el sobre. Dentro había varias fotografías en blanco y negro. Con manos algo temblorosas fue pasándolas, impresionado por la habilidad de Kate para captar la esencia de las personas que había retratado. Había fotos de él con Rosie, fotos de Mamá Lucille y Papá Joe..., de momentos entrañables. Ni siquiera recordaba haberla visto tomar esas fotos.

Había también un sobre grande con el nombre de *Rosie*. Tiarnan no pudo reprimir la curiosidad y lo abrió. Había una única fotografía de ella con la pequeña, y las dos tenían puesta una mueca divertida.

Kate debía de haber usado el temporizador para hacerla. En la parte de detrás había escrito una nota.

Rosie: Ya te echo de menos. Quiero que sepas que me encantaría que vinieras a visitarme siempre que quieras, y te prometo que la próxima vez que vaya a Madrid iremos a tomar un helado. Estoy deseando que me cuentes cuántos amigos has hecho ya en el colegio. Cuídate. Con cariño, Katie

Tiarnan guardó la fotografía con cuidado en el sobre, se levantó abruptamente y volvió junto a la ventana. Tenía una sensación de angustia en el pecho. No podía ser... No podía ser que la echase tanto de menos... Tenía que respetar su decisión, se dijo apretando los dientes. Tenía que dejarla tranquila. Kate tenía razón. Él tenía su vida, y tenía a Rosie. No necesitaba nada más; no quería nada más. Quizá, si seguía repitiéndoselo, acabaría por creérselo.

Capítulo 9

Seis semanas después. Madison Avenue, Nueva York

Dentro de poco sería Navidad, y los escaparates de las tiendas ya estaban engalanados para la ocasión. Los árboles estaban decorados con luces blancas, que brillaban en la oscuridad como pequeñas estrellas. Kate, sin embargo, arrebujada en su abrigo y con la bufanda liada al cuello, se sentía ajena a todo aquello. Estaba en estado de shock. Acababa de salir del centro de salud, donde su médico le había confirmado la terrible sospecha que llevaba albergando desde hacía varias semanas.

Había una razón por la que se sentía hinchada, una razón por la que se notaba los senos tan sensibles, una razón por la que aún no le había bajado la regla... Estaba embarazada. De más de dos meses.

Se sentía como si todo estuviese derrumbándose a su alrededor. Tenía que llegar a casa y pensar qué iba a hacer, se dijo apretando el paso. De pronto las lágrimas se le agolparon en los ojos. Bajó la vista para evitar las miradas de la gente.

No se había sentido tan sola en su vida. Siempre había querido tener hijos, pero la desolaba pensar que Tiarnan solo vería su embarazo como una carga. O peor, como una trampa que ella había planeado para cazarlo. ¿Cómo no iba a pensarlo cuando ya le había ocurrido con su ex?

¿Por qué?, se reprochó con amargura, ¿por qué había sido tan tonta como para confesárselo todo a Tiarnan esa noche en el Ritz? Lo único por lo que podía dar gracias era que no había llegado a decirle abiertamente que estaba enamorada de él. Claro que tampoco había hecho falta, pensó. Solo le había faltado postrarse a sus pies.

De pronto se chocó contra alguien. Unas manos fuertes la sujetaron por los brazos, para evitar que se cayera. Alzó la vista para disculparse, y le dio un vuelco el corazón al ver el rostro de la persona con quien había tropezado. Tiarnan...

–No puede ser... –murmuró.

–¿Kate?, ¿eres tú?

–Sí, soy yo –musitó. El corazón parecía querer salírsele del pecho–. Perdona, no iba mirando por dónde iba. ¿Cómo estás? –le preguntó, en un intento por aparentar normalidad.

Tenía que disimular que no acababa de descubrir que estaba embarazada y que él era el padre. Él seguía teniendo las manos en sus brazos y estaba mirándola de un modo extraño.

–Bien, bien... –respondió distraídamente.

Solo entonces se dio cuenta Kate de que estaban a la puerta de un restaurante, y de que Tiarnan tenía compañía: una morena muy guapa, que le dedicó una sonrisa gélida.

Aquello era lo que le faltaba después de la noticia que acababan de darle. Antes de perder la compostura por completo y echarse a llorar allí mismo, delante del hombre al que amaba y su nuevo ligue, los rodeó sin decir nada y se marchó.

Tiarnan siguió a Kate con la mirada mientras se alejaba. Su melena rubia brillaba como un faro entre el mar de caras anónimas.

No podía apartar de su mente la expresión desolada de su rostro, la mirada angustiada que había visto en sus ojos. La había encontrado pálida, muy pálida, y parecía cansada. Una honda preocupación se apoderó de él.

–¿Tiarnan? ¿Vamos a entrar o no? ¿Y quién era esa mujer? Su cara me resulta familiar...

Tiarnan se había olvidado por completo de su acompañante. Solo la había invitado a salir en un patético intento por recobrar la normalidad en su vida, pero en ese momento sabía que acababa de ver marcharse calle abajo a la única persona que podría ayudarlo a recobrarla.

Durante los breves minutos que había sostenido a Kate por los brazos había experimentado una sensación de paz que no había sentido durante semanas. Incluso había respirado aliviado al reconocerla.

Intentó apartarla un momento de su mente para centrarse en su acompañante.

–Perdona, Melinda, pero acabo de acordarme de que hay un asunto urgente del que tengo que ocuparme –le dijo–. Tendremos que dejar la cena para otro día.

Ya estaba llevándola hacia su coche, que se hallaba aparcado junto a la acera, cuando la oyó protestar irritada:

–Me llamo Miranda, no Melinda...

Tiarnan le abrió la puerta y, sin demasiados miramientos, hizo que entrara y le dijo a su chófer:

–Por favor, lleva a Melinda... perdón, a Miranda... donde ella te diga.

Cerró la puerta, observó al vehículo alejarse con una

profunda sensación de alivio, y echó a andar en la dirección opuesta a la que se había ido Kate.

Por más que quisiera ir tras ella, sabía que debía manejar aquella situación con cuidado. La impaciencia y las prisas podían echarlo todo a perder. Tenía que controlar sus impulsos, y tenía mucho sobre lo que reflexionar.

Kate se sentía como un trapo. Era como si el enterarse de que estaba embarazada hubiese disparado un gatillo en su cuerpo, y esa mañana, al levantarse, le habían dado unas náuseas espantosas. Se lavó la cara y salió del cuarto de baño con una mano en el vientre.

Le estaba resultando difícil hacerse a la idea de que aquello estaba pasando de verdad, y haberse encontrado con Tiarnan la noche anterior había sido el colofón final. Por no mencionar el dolor que le había causado haberlo visto acompañado de otra mujer...

No sabía cómo iba a darle la noticia. A él... y a Sorcha. Dio gracias en silencio por no tener que ir a trabajar ese día, pero contrajo el rostro al pensar en que Maud pondría el grito en el cielo cuando supiese que estaba embarazada. Adiós a su contrato como imagen de la firma de lencería que llevaba meses negociando... Aunque no era que a ella le importara demasiado...

En ese momento sonó el timbre de la puerta, y Kate dio un respingo. Seguramente sería su vecina, la señora Goldstein, pensó. El conserje solía llamarla por el telefonillo para avisarla cuando iban a subir a llevarle un paquete o tenía una visita.

Mientras se dirigía a la puerta tomó una chaqueta de punto de una silla y se la puso. Todavía estaba en pijama.

Cuando abrió la puerta y vio quién era, se sintió palidecer. Apretó el pomo con la mano, y con la otra se cerró la chaqueta, aliviada de habérsela puesto antes de abrir.

—Tiarnan...

—Hola, Kate.

Durante un momento que se le hizo interminable, ninguno de los dos dijo nada. Simplemente se quedaron mirándose. Kate, a quien se le había hecho un nudo en la garganta, tragó saliva.

—¿Qué quieres, Tiarnan? —le espetó.

De pronto se fijó en que tenía cara de estar agotado.

—¿Puedo pasar?

Kate habría querido decirle que no, pero sabía que no podría seguir evitándolo mucho tiempo. Antes o después tendría que decirle que estaba embarazada y, a decir verdad, la idea de enfrentarse a aquello ella sola la aterraba. Se hizo a un lado para dejarlo entrar y pasaron al salón.

—¿Vas a decirme a qué has venido? —inquirió en un tono menos beligerante tras sentarse en el sofá.

Tiarnan no sabía por dónde empezar. Le faltaban las palabras, algo que no le solía pasar. Se sentía perdido y aterrado. Se paseó arriba y abajo mientras se pasaba una mano por el pelo. ¿Cómo decirle lo que le quería decir? La quería en su vida, quería lo que se había negado todo ese tiempo, lo quería todo.

Kate observó a Tiarnan, y al ver la expresión atormentada de su rostro tuvo la sensación de que su visita no tenía nada que ver con ellos. Debía de haber ocurrido algo... Se levantó, y Tiarnan dejó de pasearse y la miró.

—¿Qué ha pasado? —inquirió Kate—. ¿Es Rosie? ¿Le ha ocurrido algo? ¿Les ha pasado algo a Sorcha o a Romain?

Tiarnan se quedó completamente perplejo por un instante, pero luego lo comprendió. Kate se dio cuenta de que debía de haber visto en su rostro el terror que la había invadido, porque de inmediato fue a su lado y la hizo sentarse de nuevo antes de tomar asiento junto a ella.

–No, no ha pasado nada –se apresuró a tranquilizarla, sacudiendo la cabeza–. Están todos bien. Perdóname, no pretendía asustarte –dijo tomando su mano entre las suyas.

Un profundo alivio la invadió, pero a la vez se dio cuenta de que Tiarnan estaba demasiado cerca de ella. Se sentó un poco más lejos, y él le soltó la mano.

Aunque Kate permaneció callada, por dentro estaba gritándole que le dijera de una vez qué quería y se marchara.

Cuando finalmente habló, pareció como si Tiarnan estuviese arrancándose las palabras.

–Kate, te necesito...

A ella le dio un vuelco el estómago. Se puso de pie y le dio la espalda, cruzándose de brazos. ¿Cuándo acabaría aquella tortura? Se volvió hacia él.

–Tiarnan, ya te lo he dicho: se ha terminado. Ya sé que me deseas –le espetó con amargura–, y tú sabes que yo también a ti, pero se ha acabado. Estoy segura de que la mujer con la que estabas anoche puede darte lo que necesitas.

Tiarnan frunció el ceño y se levantó también.

–Después de encontrarme contigo le dije que quería cancelar la cita y le pedí a mi chófer que la llevara a su casa. Ni siquiera me acordaba de su nombre –le explicó–. No fue más que un patético intento por mi parte de volver a la vida que llevaba antes, de ignorar el hecho de que no he podido dejar de pensar en ti desde que

nos despedimos en Madrid, y que me ha llevado semanas de tortura darme cuenta de que no puedo vivir sin
ti. Tenía auténtico pavor de que hubieras conocido a
otro, que te hubieras enamorado, que hubieses decidido
casarte con ese hombre y tener hijos con él –sacudió la
cabeza–. Anoche habría querido ir tras de ti, pero me
dije que era mejor esperar. Tenía que asegurarme de
que cuando hablase contigo pudieses creer lo que te
dijera, que no pensaras que solo pretendía acostarme
contigo. Tenía intención de mostrarme calmado, racio-
nal, pero no es así como me siento ahora mismo. Te
necesito, Kate, pero es más que eso. Te quiero, y me
aterra pensar que quizá no estés dispuesta a darme la
oportunidad de demostrarte cuánto, que quizá sea demasiado tarde. Te mereces a alguien que no esté mar-
cado por los errores de su pasado, pero soy un hombre
egoísta y no quiero que otro hombre ocupe ese lugar.
Quiero que estés a mi lado... Quiero envejecer a tu
lado.

Las palabras de Tiarnan parecieron quedarse suspendidas en el aire. Kate, que había estado conteniendo
el aliento, sintió que una mezcla de sentimientos encontrados la embargaba. Tiarnan quería que creyera lo
que le estaba diciendo, pero ella le había desnudado su
alma aquella noche en el Ritz, y él la había dejado marchar. ¿Y la tortura por la que había pasado todos esos
años? Los ojos se le llenaron de lágrimas, nublándole la
vista, y su voz sonó trémula cuando habló.

–¿Cómo puedes venir aquí y decirme esas cosas?
No puedes hacerme esto, Tiarnan. No puedes presen-
tarte así y ofrecerme todo con lo que siempre he soñado
como si fuese lo más fácil del mundo. He pasado mucho tiempo intentando olvidarte y pasar página. Y
ahora apareces y me dices que... me dices que...

Se cubrió el rostro con las manos y se echó a llorar. Los fuertes brazos de Tiarnan la rodearon y la estrecharon con tal ternura que en el fondo de su corazón saltó una chispa de esperanza. Tal vez aquello no era un sueño. Tal vez Tiarnan hablaba en serio.

Al cabo de un rato las lágrimas cesaron, y Tiarnan le apartó suavemente las manos del rostro. Cuando lo miró a los ojos vio en ellos preocupación, y algo que nunca antes había visto en esos ojos tan azules: amor. Las lágrimas volvieron a nublarle la vista.

Con una ternura exquisita, Tiarnan tomó su rostro entre ambas manos, y secó con las yemas de los pulgares cada lágrima que caía.

–Katie, mi vida... por favor, no llores –le suplicó atormentado–. No quería hacerte llorar. No puedo soportar verte tan triste, y, si quieres que me vaya, me iré ahora mismo –dijo, dejando caer las manos.

A Kate no le pasó desapercibida la expresión estoica y decidida de su mirada, como si estuviese dispuesto a aceptar su decisión, fuera cual fuera. Se enjugó las mejillas con el dorso de la mano, sacudió la cabeza, y le dijo en un tono quedo:

–No quiero que te vayas a ninguna parte. No quiero volver a separarme de ti nunca más.

Tiarnan la asió por los brazos.

–Kate... ¿estás diciéndome que... que me darás una oportunidad?

Ella esbozó una sonrisa trémula y le puso una mano en la mejilla.

–Aunque no quiero que se te suba a la cabeza, creo que eres el único hombre junto al que podría ser feliz. Yo también te necesito. Porque te quiero; siempre te he querido.

Visiblemente emocionado, Tiarnan la atrajo hacia sí,

tomó su rostro de nuevo entre ambas manos, y lo cubrió de besos mientras repetía una y otra vez «Gracias... gracias...».

Fue Kate quien lo detuvo, para tomar su rostro, como había hecho él, y darle un largo beso en los labios. Tiarnan respondió con ardor, y pronto el deseo los consumía a los dos. Las manos de él recorrían hambrientas la figura de Kate: su espalda, sus caderas, sus nalgas...

La apretó más contra sí, y a Kate se le escapó un gemido dolorido cuando cerró la mano sobre uno de sus sensibles senos. De inmediato él se echó hacia atrás y la miró preocupado.

—¿Qué pasa?

Nerviosa, Kate tragó saliva. Tenía que decirle lo del embarazo... Escrutó sus ojos, temerosa de que, si se lo contaba, pudiese echar a perder la felicidad que sentía en ese momento. No, tenía que decírselo y apechugar con su respuesta, fuera cual fuera. Tomó las manos de Tiarnan.

—Cuando nos encontramos anoche, acababa de salir del médico. Por eso iba tan distraída...

Tiarnan se tensó de inmediato al recordar lo pálida que había estado el día anterior.

—¿Qué te dijo? ¿Estás bien? ¿Te han encontrado algo?

Ella sacudió la cabeza.

—No, está todo bien —contestó con una sonrisa tímida.

Tiarnan estaba cada vez más nervioso.

—Pero... ¿para qué habías ido al médico? —insistió, apretándole las manos.

Kate se mordió el labio inferior y bajó la vista un momento. Y entonces, antes de que hablara, Tiarnan tuvo una especie de revelación. Al abrazarla había notado su vientre duro, y al tomar su seno en la mano le había parecido un poco más grande que cuando habían hecho el amor. Y por el modo en que Kate había reaccionado, como dolorida... Una oleada de felicidad lo inundó al tiempo que Kate le contestó, mirándolo a los ojos.

–Estoy embarazada. Casi de diez semanas. Debió de ocurrir ese día, al amanecer, cuando lo hicimos en el balcón y los dos nos olvidamos del preservativo...

Tiarnan se dio cuenta de que estaba nerviosa.

–Sé que te dije que no tenías por qué preocuparte, que era casi imposible que me quedara embarazada porque no estaba en mis días fértiles. La culpa es mía, por haberme confiado y...

Él sacudió la cabeza de inmediato y le puso un dedo en los labios para interrumpirla.

–Para, Kate. No pasa nada. Sé lo que estás pensando, lo que temes: crees que pensaré que has intentado hacerme la misma jugarreta que me hizo Estela. ¿No?

Ella, que estaba mirándolo con los ojos como platos, asintió despacio.

–En realidad, antes de que me lo dijeras, tenía la sensación de que era eso –añadió Tiarnan–. Ya estaba empezando a suponerlo cuando dijiste que habías ido al médico pero que todo estaba bien.

La llevó de nuevo hasta el sofá y la sentó en su regazo. Tomó su mano y la besó, y luego cubrió el vientre de Kate con las manos entrelazadas de ambos.

–Nunca me imaginé que llegaría el día en que sentiría esto por alguien –le confesó mirándola a los ojos. De pronto se puso serio–. No debería haberte rechazado con tanta crueldad aquella noche. Te deseaba tanto que, si tú no hubieras vacilado, te habría hecho el amor allí mismo. Y luego, cuando te mostraste tan indiferente y tan fría... me sentí insultado como un tonto, pensando que aquello no era más que un juego para ti.

A Kate la hizo feliz oírle decir aquello, que admitiera que aquello también había sido algo más que un beso para él. Vio el arrepentimiento en sus ojos, en su expresión, y le acarició la mejilla con la mano.

–Yo era demasiado joven –contestó, con una sonrisa triste–. No creo que estuviera preparada. Y quizá fuera cosa del destino que no lo hiciéramos esa noche. Quizá incluso estuvieras predestinado a conocer a Estela. ¿Qué habría sido de Rosie sin ti? –le tembló la voz al terminar la frase.

Tiarnan, que lo notó, le tomó la mano de nuevo.

–¿Qué ocurre, Kate? ¿Hay algo más que te preocupe?

Ella se encogió de hombros y rehuyó su mirada.

–Es que... bueno, me has dicho que hasta ahora no te habías dado cuenta de lo que sientes por mí, y Sorcha siempre me ha dicho que no querías más hijos y...

Tiarnan la interrumpió poniendo un dedo en sus labios.

–Kate, no quería más hijos porque no había conocido a ninguna mujer con la que quisiera tenerlos. Pero ahora... contigo... es diferente –encogió un hombro, y le dijo con humildad–: Me siento como si me hubiesen hecho un regalo maravilloso... la posibilidad de experimentar algo que me había negado a mí mismo todo este tiempo: el amor.

–Pero... ¿y Rosie? –insistió ella–. Quiero decir... ¿sabe algo de esto?

Él asintió sonriente.

–Es una de las dos cosas que decidí que tenía que

hacer anoche, antes de venir a verte. Llamé a Rosie para decirle que iba a pedirte que te casaras conmigo, y no te puedes ni imaginar lo contenta que se puso. Te tiene mucho cariño y, lo que es más importante: confía en ti.

Kate se sonrojó y apoyó la cabeza en su hombro mientras lo abrazaba con fuerza. Se sentía aliviada, e inmensamente feliz, porque sabía que nunca podría estar cómoda ocupando un lugar tan importante en la vida de Tiarnan a menos que la pequeña estuviese de acuerdo.

Se irguió y lo besó en los labios.

–¿Y qué era la otra cosa que tenías que hacer?

–Pedirle a Sorcha que me diese su bendición, por supuesto –contestó él–. Me ha dicho que si te rompo el corazón me romperá una pierna... o algo así –añadió con una sonrisa divertida.

–Estupendo. O sea, que se ha enterado todo el mundo antes que yo –gruñó Kate en broma.

De pronto, Tiarnan la tumbó en el sofá y se colocó a horcajadas sobre ella. Le soltó el cabello, y deslizó una mano por encima de sus turgentes senos, haciendo que se le cortara el aliento, antes de seguir bajando hasta su vientre, para acariciarlo también.

Kate colocó su mano sobre la de él y le puso una mano en el cuello para atraerlo hacia sí.

–Antes de que empecemos a comernos a besos –le susurró–, hay algo más que quiero decirte.

Tiarnan ya había empezado a besarla, y estaba levantándole la camiseta.

Kate le dio un coscorrón y lo reprendió con fingida irritación.

–¡Eh! ¿Quieres esperar? –le sonrió, y llevó su mano de nuevo a su vientre, ya desnudo. Luego, mirándolo con ojos brillantes, le preguntó–: ¿Qué te parecería tener mellizos?

Él se quedó paralizado y la miró con los ojos muy abiertos.

–¿En serio?

Kate asintió, y él sonrió de oreja a oreja.

–Bueno, y ahora dime: ¿cuánto me va a costar sacarte de todos los contratos que has firmado a través de tu agente? –bromeó–. Porque los dos pequeñajos que están aquí dentro –dijo apretando suavemente su mano contra su vientre– y tú sois míos, y os quiero solo para mí.

Ella se rio y se arqueó para frotarse sinuosamente contra él.

–Kate... –la advirtió Tiarnan.

Ella, para picarlo, dijo una cifra exorbitante. Tiarnan puso los ojos en blanco, pero se lo tomó con filosofía.

–Bueno, pagué una fracción de esa cantidad solo por besarte, así que supongo que es un precio razonable por casarme contigo, convertirme en el padre de tus hijos y vivir felices por siempre jamás.

–A mí también –contestó ella sonriendo, y lo atrajo hacia sí para tenerlo donde quería que estuviese siempre: entre sus brazos.

Epílogo

Dos años y medio después. La Martinica

Kate se asomó al cuarto de las mellizas, iluminado suavemente por una luz graduable, y sonrió. Protegidas por un mosquitero de muselina, las pequeñas dormían plácidamente en sus cunitas. Iris, que tenía el cabello oscuro, estaba tumbada sobre la espalda, y tenía el pulgar en la boca. Nell, que era rubia, yacía boca arriba, con los brazos extendidos, la cabeza ladeada, y una expresión angelical.

Oyó unos pasos sigilosos detrás de sí, y unos brazos fuertes le rodearon la cintura. Kate se echó hacia atrás, apoyándose en el pecho de su marido, y sonrió cuando la besó en el cuello.

Estaban en la habitación donde ella había dormido la primera vez que había ido con Rosie y con él a la Martinica. La habían reformado, convirtiéndola en el cuarto de las mellizas.

Tiarnan la tomó de la mano y salieron por el balcón para ir al que en esos momentos era el dormitorio de ambos, y antes lo había sido de él.

Solo llevaba puestos unos boxers, y Kate no pudo evitar devorarlo con la mirada. Tiarnan, que la pilló mirándolo, se detuvo junto a la barandilla y la atrajo hacia sí.

—Pero... ¡señora Quinn!, ¿qué modales son esos? –la

pinchó, fingiéndose ofendido–. Me siento acosado con esas miradas suyas...

Kate se apretó contra él. Le encantaba sentir el calor de su cuerpo, y la reacción que estaba teniendo cierta parte de su anatomía en particular. Lo rodeó con sus brazos y lo besó en el cuello.

–Lo siento mucho, señor Quinn. Sé lo sensible que es usted.

Tiarnan gimió excitado cuando se arqueó, frotándose contra él. Ella lo miró, deleitándose en aquel momento tan íntimo, en la felicidad que sentía cada día junto a Tiarnan, y en los días de dicha que estaban por llegar. Lo tomó de la mano y entraron en su habitación.

–¿Qué le pasaba a Rosie antes? –inquirió él mientras se metían en la cama–. Lo único que me dijo, toda teatrera, fue: «Tú no lo entenderías».

Kate lo miró y sonrió.

–Nada importante; cosas de chicas. Le gusta uno de los primos de Zoe, pero a él le gusta otra chica.

Tiarnan puso los ojos en blanco y murmuró:

–Menos mal que me casé contigo... Sería incapaz de lidiar yo solo con eso de la pubertad.

Kate le dio una guantada en el brazo y se rio.

–¡Qué harías tú sin mí! –murmuró.

Y antes de que él pudiera decir nada más, lo silenció con un beso y los envolvió el silencio de la cálida y fragante noche tropical.

Bianca

Cuando aquello hubiera acabado, ambos tendrían que pagar un precio que jamás habrían imaginado…

Lisa Bond se había deshecho de las ataduras del pasado y ahora era una importante empresaria por derecho propio.

Constantino Zagorakis había salido de los barrios más pobres de la ciudad y, a fuerza de trabajo, se había convertido en un millonario famoso por sus implacables tácticas.

Constantino le robaría su virginidad y, durante una semana, le enseñaría el placer que podía darle un hombre de verdad…

EL PRECIO DE LA INOCENCIA
SUSAN STEPHENS

Acepte 2 de nuestras mejores novelas de amor GRATIS

¡Y reciba un regalo sorpresa!

Oferta especial de tiempo limitado

Rellene el cupón y envíelo a
Harlequin Reader Service®
3010 Walden Ave.
P.O. Box 1867
Buffalo, N.Y. 14240-1867

¡Si! Por favor, envíenme 2 novelas de amor de Harlequin (1 Bianca® y 1 Deseo®) gratis, más el regalo sorpresa. Luego remítanme 4 novelas nuevas todos los meses, las cuales recibiré mucho antes de que aparezcan en librerías, y factúrenme al bajo precio de $3,24 cada una, más $0,25 por envío e impuesto de ventas, si corresponde*. Este es el precio total, y es un ahorro de casi el 20% sobre el precio de portada. !Una oferta excelente! Entiendo que el hecho de aceptar estos libros y el regalo no me obliga en forma alguna a la compra de libros adicionales. Y también que puedo devolver cualquier envío y cancelar en cualquier momento. Aún si decido no comprar ningún otro libro de Harlequin, los 2 libros gratis y el regalo sorpresa son míos para siempre.

416 LBN DU7N

Nombre y apellido	(Por favor, letra de molde)
Dirección	Apartamento No.
Ciudad	Estado Zona postal

Esta oferta se limita a un pedido por hogar y no está disponible para los subscriptores actuales de Deseo® y Bianca®.
*Los términos y precios quedan sujetos a cambios sin aviso previo.
Impuestos de ventas aplican en N.Y.

Emparejada con su rival
Kat Cantrell

Elise Arundel no iba a permitir
que Dax Wakefield desprestigia-
ra el exitoso negocio con el que
emparejaba almas gemelas. El
poderoso magnate dudaba de
ella y estaba decidido a demos-
trar que todo era un fraude. Por
ello, Elise decidió encontrarle la
pareja perfecta al guapo empre-
sario. Sin embargo, cuando su
infalible programa lo emparejó
con ella, ¿qué otro remedio le
quedaba a Elise sino dejarse llevar por la irrefrenable pasión
que ardía entre ambos?

*Se suponía que ella debía emparejarlo
con otra mujer...*

Bianca

Quiso decir que no, pero su boca pronunció la única palabra que le impediría echarse atrás: «sí»

Rashid Al Kharim debía viajar a Qajaran para convertirse en emir; y debía viajar en compañía de su hermanastra, un bebé de pocas semanas. Pero, antes de entrar en aquel mundo de peligros y traiciones, buscó un poco de sosiego en el cuerpo de una preciosa desconocida, tan atormentada como él.

Tora Burgess, que trabajaba como acompañante de niños, ardía en deseos de conocer a su nuevo jefe; pero se quedó horrorizada cuando vio que era nada más y nada menos que su tórrido amante de una sola noche. Un amante que ahora se comportaba con frialdad, y que tenía una propuesta absolutamente increíble…

ENCADENADA AL JEQUE
TRISH MOREY